詩的思考のめざめ

心と言葉にほんとうは起きていること

阿部公彦――［著］

東京大学出版会

Discovering Poetry
Masahiko ABE
University of Tokyo Press, 2014
ISBN 978-4-13-083064-5

はじめに――詩の「香り」にだまされないために

私たちは「詩的」という言葉が好きです。詩的な気分。詩的な装い。詩的な言い回し。芳香剤のようなもので、「詩的」とつけるだけでちょっといい感じがする。でも、私は「詩的」という言葉を耳にすると警戒してしまいます。「詩的」という形容にはむやみに気安い心地良さが塗りこめられていて、言葉としての威力が失われているように思うのです。

「詩的」という言葉に本来の意味を取り戻してもらいたい――この本にはそんな願いをこめました。「詩的」とはあまり相性の良くなさそうな「思考」という語をタイトルに入れたのもそのためです。「詩的」という形容は、ちょっといい感じのことを示して終わるようなものではなく、私たちが世界とかかわるときの、ただならぬ緊張感や興奮を呼び覚ますことができるものです。ムードや感情だけでなく、私たちの精神全体がどのように機能するのか示すことができる。

この本は詩に入門するためのものではありません。詩作品もたくさん出てきますが、一番の目的は

「詩的」という形容の向こうにあるものを突き止めることにあります。そもそも「詩的」とは、文字通りとれば、「詩」にかかわるということでしょう。でも、私たちは詩など滅多に読みませんし、詩の歴史だの、詩にかかわる手続きだのといったこともよく知らない。知りたいとも思わない。ところが、なぜか「詩的」という表現に託して何かを伝えたり、何かを受け取ったりしようとは思う。おもしろいことです。

おそらく私たちはどこかで、自分なりのやり方で「詩」を知っているのではないでしょうか。教わらなくても、本を読んで勉強したりしなくても、何となく詩の居場所に心当たりがある。気配を感じ取ったり、作用に敏感に反応したりもできる。しかし、それ以上はなかなか踏みこまない。意識化したり、言語化したりもしない。

まずはそこから考えてみたいと思います。「生活篇」と銘打った前半の五つの章では、私たちと詩とのあいまいなかかわりがどこから始まるのか、あらためて確認します。知ってはいるけれど、知らない——詩はそんなもやもやした領域にあります。それと気づかないうちに、私たちの日常生活の中で大きな意味を持っているのが詩なのです。そこに注意を向けたい。それがいったいどんな場所なのか、見極めたい。

冒頭の二つの章では、詩というジャンルに対して苦手意識を持っている人を想定読者としてみました。詩と聞くだけで拒絶反応を示す人はけっこういます。文学研究者や批評家の中にも「僕は詩はわからないから」と言って小説だけしか対象にしない方はけっこうおられる。いや、多くの人は多少なりと自分の中に「詩が苦手な自分」を隠し持っているのかもしれません。私自身もそうだと思います。

とするなら、「詩が苦手」という設定をとることで、むしろ根本的なことが話題にできるかなと思うわけです。

このような設定をとるにあたってこころがけたのは、無理に詩に入っていくよりも、むしろ詩から出て行くということです。詩は詩の外にある。それがわかれば、言葉にはこんな作用もあるのだということもわかってきます。言葉は私たちの日常と生活とに密接にかかわるものです。詩はそこに入り込んでくる。もちろん、詩が苦手なんてとんでもない！　好きで好きでたまらないよ！　という人が読んでも害はないはずですので、ご心配なさらないでください。

後半は「読解篇」と銘打ち、五つの章でそれぞれ詩作品をとりあげて、どこに読みどころがあるかを考えてみました。なるべく「正解」を押しつけるような説明にはならないようつとめたつもりです。何より強調したかったのは、詩の言葉にはあれこれいじったり語ったりする余地があるということです。つまり、観客席から身を乗り出すようにして参加していいのが詩なのです。そうやって手を伸ばしてみることで、いろいろな発見があったり出会いがあったりする。これらの章は、詩を語ることによってその世界を広げるための実践とお考えいただければと思います。

＊

詩人の小池昌代は、『通勤電車でよむ詩集』（二〇〇九年）というアンソロジーの序文で次のようなことを言っています。

人と詩は、どのように出会うのだろう。

わたし自身を振り返ると、誰かの書いたこの一篇に感激したというわけでもなかった。そのような明白な意識以前に、もう、詩と出会っていたという感覚がある。わたしに限ったことではない。人間は本来、皆、そうなのではないか。

大人になるにしたがって、社会のなかでうまく生きるよう教育される人間は、その過程で、作品以前の、原始の「詩」に出会った記憶を、底のほうに沈め、押し込んでしまうのかもしれない。

イギリスの詩人ウィリアム・ワーズワスもその代表作といわれる「不滅のオード」の中で、同じような人生観について語っています。人間は生まれ落ちるとともに神々しい光りの世界から鈍い光りの世界に堕ちてしまう、子どもの頃の感性が大人の世界の論理を学ぶに従って徐々に失われてしまうというのです。そうなのかもしれません。私たちはたしかにかつて詩のことを知っていた。必要なのは、思い出すという作業です。難しいことではありません。ちょっと思考の方法を変えてみるだけ。それで、いろいろなことがちがったふうに見えるはずです。

＊

繰り返しになりますが、この本は詩に入門するためのものではありません。むしろ詩の外に出るためのものです。詩から自由になるためのものです。詩と聞いただけで「うわ、苦手！」と言う人がいるのは、「詩的」という言葉がインフレ気味に乱用されてきたこととも関係あるでしょう。どうもいかがわしい。胡散臭い。あるいは詩人や詩集にまつわる世界が、何となく面倒くさい。

でも、大丈夫。「詩的」という表現にくっついたちょっといい感じのことは忘れましょう。あわてて詩作品を読む必要もありません。まずは詩がいったいどこにあるのか、その居場所を見つけましょう。そうすると、私たちと世界との関係がちょっと違って見え始めます。それは世界との付き合い方が変わる契機でもあります。

詩的思考のめざめ　心と言葉にほんとうは起きていること——目次

I

日常にも詩は〝起きている〟——生活篇

第1章 名前をつける

阿久悠「ペッパー警部」、金子光晴「おっとせい」、川崎洋「海」、梶井基次郎「檸檬」ほか

「詩が苦手」の心理

詩が苦手なみなさん、ようこそ。

第1章ではみなさんが詩に対して持っている苦手意識を克服したいと思います。みなさんはおそらくつぶやいたことがあるのではないでしょうか。いやあ、詩を読んでもぴんとこないんだよね、などと。感動しないんだよね、と。これからいったいどんな難解な詩を読まされるのだろう、と戦々恐々としている人もいるかもしれません。でも、今のうちに大事なことを確認しておくと、実は詩を知るためには必ずしも詩を読まなくてもいいのです。むしろあせって詩を読めば読むほど逆効果なことがある。嘘みたいに聞こえるでしょうか。説明を読んでいただければきっと納得してもらえると思うので、どうぞお付き合いください。

取っ掛かりとして、「詩が苦手」という心理について考えてみましょう。世の中には「自分は詩が苦手だ」と宣言する人がけっこういます。「小説が苦手」とは言わないのに、なぜか詩については「苦手」と言う。なぜでしょう。ためしに「苦手」という言葉を使うのがどんな場面か考えてみると……「うちの妻は掃除が苦手だ」「僕は茨城出身なのに納豆が苦手です」「巨人の長野は内角球が苦手だから、ホームベースから離れて立っている」「あたし、高校のときからハナちゃんがどうも苦手なんだぁ」。

なるほど。これらの例はみな「やれない」「食えない」「打てない」「話が合わない」と、同じような否定的な意味を持っています。ただ、それ以上に何か共通したものもあるような気がする。逆の例を対照させてみるとわかりやすいかもしれません。たとえば、以下のようにはあまり言わないような気がする……「×あの人は食べるのが苦手なんです」「×僕は妻が苦手です」「×あたし、人生が苦手でねえ」。

二つのグループを対比させるとわかるのは、「苦手」という言い方をするとき、いくつかの含意があるということです。まず苦手なものというのは、たいてい「選択肢のうちの一つ」です。それから、苦手なものは、「得意だったり好きだったりすることが期待されている。にもかかわらずうまくやれない」ということ。さらに「そのせいで、ちょっとだけ後ろめたい」。

詩はこの三つのポイントすべてにあてはまります。まず、詩のまわりには短歌や俳句があり、小説があり、音楽や映画もある。つまり詩でなくてもいい、いいのです。詩は「選択肢の一つ」にすぎない。もっともなことです。納豆が食べられなくても、おしんことか、生卵ぶっかけご飯を食べればいい、内角球が苦手なら、外角に来た球を狙えばいいというのと同じ。詩が嫌なら、小説でも読んでいればいいのです。

でも、「苦手」という言葉には「困ったなあ」という含みもあります。それは選択肢の一つなのに、それ以上の圧迫を加えてくるからです。宿泊先の朝ご飯で納豆が出されるかもしれない。ピッチャーが内角球ばかり投げてきたら、打たないわけにはいかない。詩の場合もそうです。はじめから詩がメニューに載っていることはけっこう多い。選択肢の一つだというのは、短歌や俳句や映画だってそうなのですが、「あたしは短歌が苦手よ」とか「僕は映画が苦手だ」とあまり言わないのは、短歌や映画がそれほど期待されていないからです。別に興味なければ読んだり観たりしなくてもいい。でも、詩はちょっと違う。詩は善きものなのです。すばらしいのです。美しいのです。よくわからないけど奥深い、気高い真理を示しているのらしい。

だから私たちは後ろめたい。そんなすばらしいものなのに味わえない自分は、どこか欠陥があるのではないかと心配になってくる。でも、そんなふうに思うこと自体がおそらく、私たちを詩から遠ざけているのです。これは間違った罪悪感です。ですから、この誤解を解消するための方法を考えていきたい。

詩はほんとうにすばらしい？

人は〝すばらしいもの〟と直面すると、とかく緊張するものです。まるでこちらが面接され審査されているような気分になる。もじもじして、ふだんなら答えられるような質問にも答えられなくなる。

ふだんなら見えることが見えなくなり、言えることも言えない。そういうとき私たちは、ふだんの自分よりも小さく狭い自分になっているのです。

これほど詩から遠く離れた状況はありません。詩はむしろふだんの自分をより大きく、より広々としたものに変換してくれるものです。いつもならとうてい届かなかったような前屈ストレッチができたり、飛べないくらいの高さまでジャンプさせてくれたりする。だから、私たちがまず準備としてすべきなのは、詩を読むときに生ずる幻想を捨て去ることです。〝すばらしいものとの直面〟という誤った前提を取り除きたい。

私たちが詩に抱くイメージとはこんなものではないでしょうか。そもそも詩とは、どこか遠いところに住んでいるありがたい偉人が書いたものである。その偉人はとてつもなく悲惨な境遇を生きたり、とてつもなくロマンチックな恋愛を経験したりして、やむにやまれず、まるで言葉に救いを求めるようにして奇跡的に詩を書いてしまった。そんな状況のもとで書かれたものだから、作品の言葉は凡人にはそう簡単には理解できない。そのかわりに、ものすごい量の勉強をした、ほとんど準偉人と言っていいくらいのありがたい批評家や学者が手助けをしてくれる。暗号のように難解な言葉で書かれた作品の「意味」を、ピンセットでつまむように言葉をならべ直しながら、少しずつ解き明かしてくれる。

もちろん偉人の残した作品ですから、たいへんな値打ちがあります。詩は防弾ガラスに守られるようにして、大切に扱われてきた。しょっちゅう改行するから頁面の余白も多く、一頁の語数は少ない。小説などと較べると、グラムあたりの単価がすごく高いわけです。高級なのです。そういうものが文学全集に入れられたり、学校の教科書に載せられたりしている。一字一句ゆるがせにはできない。先生も貴重な宝石でも扱うようにして、おそろしいようなありがたいようなものとして、たった一つの詩を読むのにすごい時間をかけては、難しげな用語とともに解説する。もちろんテストにも出す。おかげで、私たちは詩にはすっかり慣れてしまった。詩はつねにそこにあるのです。そして私たちはその前で、びくびくしている。「お前はわかっていない!」と叱られることに怯えている。

でも、それはちがう、と私は言いたい。この章で私が強調したいのは、詩はそこにあるものではないということです。そもそもこのような、防弾ガラスの中の詩と読者が直面するというモデルが間違っているのです。では、どう考えたらいいのか。

詩を見つけるには?

まず詩の居場所について考え直してみましょう。私たちは詩は本の中にあると思っている。詩集や文学全集の頁の上に詩は住んでいる。たしかにそうです。そのおかげで私たちは詩を見つけて読むことができる。でも、それは詩の居場所のほんの一部にすぎません。詩は別のところにもある。

話をわかりやすくするために、例をあげましょう。

たとえばあなたに、毎日のように通うお気に入りの喫茶店があるとします。昔ながらの、コーヒーの種類がいくつもあるような「憩いの場」的なところでもいいですし、スターバックスのようなチェーン店でもかまいません。お昼を簡単に済ませるのに便利な店かもしれません。さて、毎日のように通っていると、いろいろ目につくことがあります。たとえば店の入り口にフクロウの置物がある。このフクロウがあなたはとても気になってしまう。別に昔からフクロウが大好きだったというわけではありません。ただ、このフクロウ、会社の上司の中本課長にすごくよく似ているのです。笑ってしまうほどです。あなたはあるとき、このことに気づいてしまった。これが第一歩です。気づいてしまったが最後、あなたはきっとこのフクロウを「中本フクロウ」と心の中で命名してしまうのです。いや、名前をつけるまでは至らなくとも、中本課長に呼び出されたときには、何となくあのフクロウを想い出し、もみあげのあたりがまさにフクロウにそっくりで、思わずプッと吹き出しそうになる。そもそもすらっと背の高い中本課長は自分がちょっとしたダンディだと思っているフシもあって、まさか自分がフクロウだなんて考えてみたこともないでしょう。だから、よけいおかしいのです。そして、ついにある飲み会で中本課長がトイレに立ったとき、酔った勢いもあったのでしょう、あなたは「中本フクロウがさあ」と口にしてしまう。

これが詩だ、と私は言いたい。え？　どこが？　とお思いでしょうか。では、もうひとつ例をあげましょう。

たとえばあなたはとても厳しい家に育ったとする。無口で厳格なお父さんと、賢く働き者だけど、甘えることを許してくれないお母さん。とくに食べ物のしつけは厳しかった。パスタとかカレーなどという子供っぽい食事は一切なし。鯖の煮付け、鰺の干物、ひじき豆、ほうれん草のごま和えなど、それなりにおいしかったかもしれないけれど、どこか年寄り臭い料理ばかりを食べて育ちました。おやつもかりんとうとか醤油せんべいで、ポテチとかカールとかきのこの山といったかわいらしいものは食べさせてもらえなかった。

あなたはやがて結婚します。相手はごくふつうの、それほど厳格でない家庭に育ったお嬢さんです。するとこのお嬢さんが夕食後のデザートとして、レディーボーデンのチョコレートアイスクリームを、たっぷりお皿に盛って——まるで小高い丘のように見える！——出してくれた。そのアイスクリームがなんと甘く、かすかに苦く、どきどきするようにおいしく感じられたことでしょう。夕食後に自宅でアイスクリームが出るなんて夢のようです。あなたはうれしさのあまり、思わずお皿まで舐めてしまいます。

皿を舐めるなんて!!　厳格な家庭に育ったあなたとしては、たいへんな羽目の外し様です。しかし、あなたは自分の中で「これで、いいのだ」と思います。というのも、あなたには舐めることについて、一つの想い出があったからです。

あなたの勤務先は銀行です。入社数年目でロンドン支店に配属になった。あなたはロンドンの金融街から地下鉄一本でいける郊外のフラットに家を見つけます。その家の近所には雑貨屋に併設された小さな郵便局がありました。お金を扱うということもあり、この郵便局はアメリカと同じように分厚い防弾ガラスに囲まれていますが、いつもそこにいるのは小柄で華奢なインド系の女性でした。額には、何というのでしょう、真っ赤なボタンのような装飾をつけています。

あなたの想い出は、この女性をめぐるものでした。赴任したてのころは、東京との私用の郵便のやり取りも多く、頻繁に郵便局を訪れる。そんなとき、郵便物の料金の見当がつかず、たいていは女性に重さをはかってもらってその場で代金を払いました。女性はあなたから郵便物を受け取ると、それをはかりに載せ、料金を言い、あなたからお金を受け取ってから、ぺろっと舌を出して切手の裏をたっぷり舐め、あなたの郵便物に貼ってくれたものです。日本の郵便局と同じように水で濡らしたスポンジのようなものもあったはずなのですが、この女性はまるで切手をスポンジで湿らす手間を惜しむかのように、大きくて長い、真っ赤な舌を出して、ぺろっとあなたの切手を舐めてくれた。

このとき、舐めるという行為はあなたの中で新しい意味を持った。汚くない。下品でもない。エロティックとも言いきれない。何か良きこと、幸福なことだったのです。しかし、あなたはその気持ちをどう表現していいか、ずっとわからなかった。それが、新婚の食卓で夕食後にレディーボーデンのアイスクリームを出され、「そうだ、これだ」と思ったのでした。今までうまく名づけられなかった想い出が、ここに至ってお皿を舐めることではっきり形を持ったのです。

これこそが詩だと私は言いたい。

え？　どこが？　とやっぱりお思いの方もいるかもしれませんが、これらのエピソードで私が注目したいのは、中本フクロウという名称や、舐めるという行為ではありません。大事なのは、名前をつけたいと思うあなたの気持ちそのものです。ここのスタバにしかないフクロウに強い印象を受けた。あるいは郵便局の女性の親切に嬉しい思いをした。フクロウのもじゃもじゃ、女性の長い赤い舌にも鮮烈な思いを抱く。これがすでに名づけの第一段階です。そして第二段階。あなたはその映像や想い出を言語化したいと思う。あなたは「中本フクロウ」と口にしたり、何度も繰り返された郵便局でのこの出来事を記憶の中で再現することで、そこに意味を与えてしまう。こうして、あなたの中ではこれらは「名前のある何か」になってしまうのです。たしかにあなたは、たとえば舐めるという出来事に明瞭な名前を与えることはできなかったかもしれない。女性にもあだ名さえつけなかったし、誰かにこの想い出を語ることもなかった。でも、それはたいした問題ではない。実際、切手の体験などはあなたの無意識の中に住み着いて、新婚の食卓での「おいしい」という感動をきっかけに、皿を舐めるという、信じられないくらい明瞭な行動へと結びついたのですから。

なぜ私たちは名づけたいのか？

名づけは詩のもっとも基本的な機能です。何かの存在をみとめ、その対象が気になってしまうこと。それに名前をつける必要があると思うこと。実際に名前をつけるかどうかよりも、名づけの必要を感じること自体に詩のエッセンスがあるのです。

冒頭で私が、詩を知るためには詩を読まなくてもいいと言ったのは、まずこのことに意識を向けてもらいたかったからです。考えてみてください。私たちはふだん、どれくらい名づけを行っているでしょうか。何かを見つける。目につく。いや、「あっ」と思うだけでもいい。すると、この事件を何らかの形で自分の中に配置したくなる。そのためには言葉が必要になります。欲しい、と思う。この事件にぴったりの場所が欲しい。どこかに行ってしまわないように、そこに立てる旗が欲しい。人に言いつけるための、便利な言い回しが欲しい。

このように「欲しい」という気持ちとともに言葉に手を伸ばすことが、詩の第一歩だと私は思っています。詩は防弾ガラスの向こう側にあるどころか、いつも私たちの身近で発生しているのです。酸素や二酸化炭素のように、出てきたり消費されたりしている。輝かしく注目を集めることもあるけれど、いとも簡単に忘れられ、消えてしまうこともある。

印刷され「詩」として出回っているものは、世界の中にたえず発生している詩のごく一部なのです。わざわざ本という形をとるのは——これは後の章でも触れますが——詩に「強く言う」という作用があるからです。近代社会の中では、口頭で言葉を呟くよりも紙に印刷し製本した方がより「強い」という考えがされてきました。だから、詩を書いたら本にしたくなると思うのも理解できないことではありません。

実際、本の形にされたり、愛唱されて人々の記憶に残ったりしているものには「ああ、言葉が欲しいってこういうことだよね」と思わせてくれるものが多くあります。私たちに「言葉が欲しい」という気持ちそのものを思い出させてくれるようなもの。はじめは作った人の意思で「形」を与えられるにせよ、どこかの段階から淘汰が始まり、残るものと残らないものが出てくる。そのときの大きな分かれ目は「言葉が欲しい」と思わせてくれるかどうかにあるのです。

小説にくらべても、詩は読者への感染力がたいへん強い。詩の中に含み込まれている「欲しい」という衝動に触れると、自分もまた同じようなことがしたくなります。つい、詩を書いてしまう人もいるかもしれません。もっと詩が読みたくなることもある。詩人のことをもっと知りたくなる。いずれにしても、何しろ私たち自身が日々詩の中を生きているわけですから、本になった詩は単なるきっかけだということを忘れてはいけません。それを通して自分の「言葉が欲しい」という衝動にすごく敏感になったり、今までとはちがう形で世界と接するようになったりする。このことを忘れ、詩を「勉強」という側面からとらえてばかりいたら苦手意識が増幅されるだけでしょう。

変な名前でもいいのか?

名づけというと一番目立つのは、いわゆる流行り言葉です。今まで何となくみんなが意識していたけど、まだ名前を与えられていなかったようなものに誰かが上手に名づけをすると、わっと流行ってみんながおもしろがって口にする。たとえば例年、流行語大賞の候補になってきた言葉には、そうした名づけの妙を反映したものが多く含まれているように思います。

「終活」「爆弾低気圧」（二〇一二年）
「どや顔」「帰宅難民」（二〇一一年）
「女子会」「イクメン」（二〇一〇年）
「草食男子」（二〇〇九年）
「アラフォー」（二〇〇八年）

たしかにどれもうまいネーミングだと思います。「アラフォー」なんて、英語の変な省略で、日本語としては醜いことこの上ないのですが、それでも是非言葉にしておきたいと思うくらいに、私たちにとっては意味のあるくくりなのです。「そうだよね、そこ気になってたんだ！」と思わずうなずいてしまう。

考えてみると、私たちはこのような名づけの瞬間に立ち会うのがとても好きです。名前がついた、というだけで無性に興奮する。そのせいで、まるでその名づけられた対象が好きになったかのように思うことさえある。そのような名づけの快楽そのものを追求している例としては、たとえばポピュラーな歌の歌詞などが思い浮かびます。少し古いですが、沢田研二の「TOKIO」という曲の歌詞は以下のようになっています。

空を飛ぶ　街が飛ぶ
雲を突きぬけ星になる
火を吹いて闇を裂き
スーパーシティが舞いあがる
TOKIO　TOKIOが二人を抱いたまま
TOKIO　TOKIOが空を飛ぶ

海に浮かんだ　光の泡だと
お前は言ってたね
見つめていると死にそうだと
くわえ煙草で涙おとした
TOKIO　やさしい女が眠る街

TOKIO　TOKIOは夜に飛ぶ

（作詞　糸井重里）

ご存じのようにTOKIOというのは、東京という語を欧米語話者の人が発音したときの音を示した表記です。だから内容としては東京のことを言っているだけなのですが、東京をTOKIOと言ったときの妙にふっきれた爽快感を発端にして、よくわからないけれどやけに威勢のよい元気な歌詞や、アップテンポな曲までが生まれだしてしまったように感じられる。この歌では東京という古くて既視感の強い、もうほとんど新鮮さを持たなくなった巨大な都市に、新しい名前をつけることで瞬間的にその全体が蘇ったかのような気分を呼び起こしたわけです。

かつての歌謡曲には、このようにとにかく名づけの快楽で出来上がっていたものがけっこうあったように思います。名づけという行為を前景化し、とにかくその名前を連呼しながら名前的に興奮し陶酔する。ピンク・レディーの「ペッパー警部」など、歌詞の全体はかなり意味が希薄なのですが、とにかく〝ペッパー警部〟という名前の強烈なインパクトでエネルギーを生み出していました。

ペッパー警部　邪魔をしないで
ペッパー警部　私たちこれからいいところ
あなたの言葉が　注射のように
私のこころにしみている　ああ　きいている

むらさきいろした　たそがれ時が
グラビアみたいに見えている　ああ　感じてる
その時なの　もしもし君たち帰りなさいと
二人をひきさく声がしたのよアアア……
ペッパー警部　邪魔をしないで
ペッパー警部　私たちこれからいいところ
（作詞　阿久悠）

この曲を聴いても「ペッパー警部」が何者なのかはよくわかりません。でも多くの人はそんなことは気にせず、「ペッパー警部　邪魔をしないで♪」という箇所に力をこめて、気持ちよさそうにこの一節を口ずさんでいました。とくに「ペッパー警部」という呼びかけのところには陶酔感を覚えつつ。

もちろん意味の通った名づけで勝負した曲もあります。山口百恵の「ロックンロール・ウィドウ」は、日本語話者には必ずしもよく知られていない、つまり、中学高校では習わないかもしれない、widow（未亡人）という英語の単語をとりいれて「ロックンロール・ウィドウ」という語を曲の中心にすえています。この思いがけない語の響きが、強気な女性のおしかり口調を反映させた歌詞ともあいまって、おもしろい視点を作り出している。

もてたいための　ロックンローラー

あなた動機が不純なんだわ
金髪美人のグルーピー
いつもはべらせ歩いてる
人の曲には　ケチつけて
スーパースターを気取っているけど
何かが違うわ
かっこ　かっこ　かっこ　かっこ　かっこ　かっこ
かっこばかり　先ばしり

ロックンロール・ウィドウ
ロックンロール・ウィドウ
いい加減にして
私あなたのママじゃない
（作詞　阿木燿子）

こうした例を見てくるとよくわかります。私たちはとにかく名前に興奮してしまう。もちろん、流行語になった「アラフォー」や「草食男子」のように、「そうそう、よくぞ言葉にしてくれた！」というようまい名づけもありますが、他方、何のことだかよくわからないけど、とにかく名前があるというだけで嬉しい、楽しいという場合もあります。何を名づけているのかよくわからなかったり、肝心の対象とはずれてしまっていてもいい。いや、むしろ対象とはずれた方がいいという場合さえある。とにかく名前をつけたり、その名前を口にし、連呼したり、ということは、私たちが生きていくうえで、とても大きな意味を持つようなのです。

名前をつけそこなうとどうなる?

意味がわからなくてもいい、とにかく名前があると安心するというのは、きわめて人間的な心理なのかもしれません。私たちには一方で、とにかく名前をつけたい、という衝動があるけれど、私たちの文化は必ずしもうまく名前をつけることによってのみ構築されてきたわけではない。そこで今の話を踏まえたうえで、うまく名前がつけられない場合に私たちの中でどのようなことが起きているのか考えてみたいと思います。次にあげるのは金子光晴の「おっとせい」という作品です。

詩は三部構成になっています。第一部は、こんなふうに始まる。

そのいきの臭えこと。
くちからむんと蒸れる、

そのせなかがぬれて、はか穴のふちのようにぬらぬらしてること。
虚無《ニヒル》をおぼえるほどいやらしい、

おお、憂愁よ。

そのからだの土嚢のような
づづぐろいおもさ。かったるさ。

いん気な弾力。
かなしいゴム。

そのこころのおもいあがってること。
凡庸なこと。

菊面《あばた》。
おおきな陰嚢《ふぐり》。

動物園でおっとせいを見たことがある人は少なくはないでしょう。割に親しまれている動物ですから、実物を目にしたことがなくても、図鑑や漫画やテレビの映像などで見て、どんな動物かはわかる。だから、こういうふうに描写されると、なるほど、そういうふうに見立てるとおもしろいかもね、などとも思う。

でもそれはタイトルに「おっとせい」とあるからです。たとえばこのタイトルがなかったらどうでしょう。実際、詩のなかでは「おっとせい」という言葉はなかなか出てこない。そのかわり、描写だけがつづく。この描写だけだと、下手するとそれを「おっとせい」と呼ばなくてもいいような気がしてくる。詩人もそう思ったのかもしれません。というのも、この後の描写はどんどんおっとせいらしさから離れていってしまうからです。

鼻先があおくなるほどなまぐさい、やつらの群衆におされつつ、いつも、
おいらは、反対の方角をおもっていた。

やつらがむらがる雲のように横行し
もみあう街が、おいらには、
ふるぼけた映画《フィルム》でみる
アラスカのように淋しかった。

このあたりまでくると、私たちは考え始める。果たしておっとせいが街にいるだろうか。どうしてこの語り手は、おっとせいのことを、まるで自分と対等の存在であるかのように語るのだろう。そして私たちは疑い始めるのです。この詩にはたしかに「おっとせい」というタイトルがついているけれど、これはほんとに「おっとせい」のことを言っているのだろうか? 「おっとせい」と称してはい

るけれど、実は別のものを指しているのではないか？　名前をつけそこねているのではないか？　あるいはわざとつけ間違えているのではないか？　詩人は嘘をついているのではないか？　と。第二部になると、そのことがよりはっきりしてきます。

そいつら。俗衆というやつら。

ヴォルテールを国外に追い、フーゴー・グロチウスを獄にたたきこんだのは、
やつらなのだ。

バタビアから、リスボンまで、地球を、芥垢《ほこり》と、饒舌《おしゃべり》で
かきまわしているのもやつらなのだ。

嚔《くさめ》をするやつ。髭のあいだから歯くそをとばすやつ。かみころすあくび、きどった身振り、しきたりをやぶったものには、おそれ、ゆびさし、むほん人だ、狂人《きちがい》だとさけんで、がやがやあつまるやつ。そいつら。そいつらは互いに夫婦《めおと》だ。権妻《ごんさい》だ。やつらの根性まで相続《うけつ》ぐ悴どもだ。うすぎたねえ血のひきだ。あるいは朋党だ。そのまたつながりだ。そして、かぎりもしれぬむすびあいの、からだとからだの障壁が、海流をせきとめるようにみえた。

やっぱり、と思うかもしれません。「おっとせい」と呼んではいるけれど、ほんとうは人間のことを言っている。でも、「人間はおっとせいのようだ」などと言っているのではありません。そんなに単純明解ではない。あくまで「おっとせい」を語り始めて、それが、いつの間にか人間を語っている。だからこそ、「おっとせい」に対する違和感のようなものがたっぷりこめられてもいます。「おっとせい」の愚鈍さや鬱陶しさのようなものも生々しく示されている。海の匂いが漂うかのようです。最後では「からだとからだの障壁が、海流をせきとめるようにみえた。」というように、話がおっとせいのことに戻ってきもします。

　おもしろいのはこの〝いつの間にか〟という感覚です。詩ではこんなふうに、名づけたり、名指したりするときに微妙なずれや間違いが生じている。名前と対象とを結びつける約束が緩いのです。しかも、いつ、どこからそれが起きているのかが見えにくい。名前をつけそこねたり、別の名前をつけてしまったりして、それでも話が通じてしまうのが詩的思考の世界なのです。そうした名前をめぐる小さな〝いざこざ〟を通して詩人は、名づけに発する豊かで不思議な作用をあらためて私たちに思い出させてくれるとも言えます。

「おっとせい」の第三部は次のように終わります。

だんだら縞のながい影を曳き、みわたすかぎり頭をそろえて、拝礼している奴らの群衆のなかで、
侮蔑しきったそぶりで、
ただひとり、

反対をむいてすましてるやつ。
おいら。
おっとせいのきらいなおっとせい。
だが、やっぱりおっとせいはおっとせいで
ただ
「むこうむきになってる
おっとせい。」

ここまで読むと、そうか、語り手自身も「おっとせい」だったのだ、とわかります。そうすると、あの苛立ちや嫌悪は自分に向けられていたのか。名前をつけそこねていただけではない、語る対象すらも実はずれていたのかもしれません。自分対他人と見えた関係が、ほんとうは自分対自分だった。他人を指差すようでいて、実は自分のことを言っていたなどということも詩ではよく起きるのです。名づけや名指しをめぐる〝いざこざ〟の、今ひとつの表れがそこにはあります。

名指しの裏側

現代の詩人も好んでこのような名づけを詩の中にとりこんでいます。たとえば川崎洋は詩の中でしばしば「名前」を掲げています。でも、それは単純な名づけではありません。次にあげる「海」という作品も一見単純なようでいて、だまし絵のような、するっと逃げるような不思議な読後感のある作品です。

海　というとき　私は
朝の静かな砂浜のそれを真先に思い浮かべる
ぱたり　ぱたり　とひるがえっている波が
その限りない繰り返しが
海を思い浮かべないときに
全くあずかり知らぬ間に
私を癒してくれている
ということがあるかも知れぬ

これは一見、名づけや名指しにかかわる詩に見えます。「海」という名前へのこだわりがある。海とは何かを語ろうとしている。そのことを通して、海をとりまく広い世界に新しい意味を付与しようとしている。ところが「朝の静かな砂浜」を思い浮かべることから始めた語り手は、いつの間にか、その砂浜を思い浮かべていないときのことを考え始めるのです。そして、その思い浮かべていないときにこそ、何かが起きているのかもしれない、と言い始めるのです。つまり、海のことを思い、海を名指そうとした詩が、その名指そうとする自分の行為をいったん中断し、まるで自分自身の裏側にまわりこむようにして、別のことに目を向ける。そうして、むしろ名指さないこと、名指し得ないこと、

「あずかり知らぬ」ことの効力を語り始めるのです。
「花」という作品も似ています。

花がなければ
世界は寂しいか
ならば
それがないために
かく荒寥としている
というものは
なにか

この詩もまずは「花」という名前について語り始めるように見えます。でも、ふと気づくとそこから話が逸れている。「花」という名前はいつの間にかわきに押しやられ、その背後にある「世界」が主役となってしまうのです。ここにも花を「花」と名指そうとしながら、そこから逸脱してしまった詩人の姿が読み取れます。そしてここでも、逸脱したおかげでこそ語られることがある。今まで気がつかなかった世界の一面に、急に光があたるのです。こんなふうに話が逸れたおかげでこそ、それが可能になったと言える。
これらの詩で示されているのは、対象を見つめて名指したり名づけたりする行為を出し抜くような、偶然めいた展開だと言えるでしょう。対象に面と向かおうとして、うっかり失敗する。でも、そういうときにこそ、おもしろいことが起きている。

名づけられない辛さ

私たちの日常生活では、いろいろな「名づけ」が行われています。生まれて名前をつけられるというような、誰の人生にも必ずある出来事もあるでしょうし、バレーボールチームに名前をつけるような、軽いネーミング的な行為はもっと頻繁になされている。でも、そうした〝順調な名づけ〟以外にも、さまざまな派生的な出来事が起きている。

そのような派生的な出来事の中でもとりわけ詩と縁が深いのが、名づけようとしても名づけられないという状況です。というのも、まさにそういう状況に置かれることで私たちは自分の名づけの欲望を自覚するからです。私たちは名づけたいのです。言いたい。呼びたい。でも、そのための名前がうまく見つからない。言葉をめぐるそんな苦しい行き詰まりは、私たちの言葉とのかかわり合いをおおいに深めます。私たちは自分の中にある引き出しをかき回し、いろんな組み合わせを試してみるでしょう。そして言葉の枯渇にあえぎ、自分の貧しさを呪い、呻吟し、ついには生まれてから一度も口にしたこともないような言葉を口にするかもしれないのです。

次にあげるのはそんな例の一つです。梶井基次郎の「檸檬」という短編。言うまでもなくこれは狭義の「詩」ではありません。散文で書かれた小説です。でも、そこでどのようなことが起きているかを確認することで、詩について考える助けになるかと思います。その冒頭部はいかにも重々しいものです。

えたいの知れない不吉な塊が私の心を始終圧《おさ》えつけていた。焦燥といおうか、嫌悪といおうか――酒を飲んだあとに宿酔《ふつかよい》があるように、酒を毎日飲んでいると宿酔に相当した時期がやって来る。それが来たのだ。これはちょっといけなかった。結果した肺尖《はいせん》カタルや神経衰弱がいけないのではない。また背を焼くような借金などがいけないのではない。いけないのはその不吉な塊だ。以前私を喜ばせたどんな美しい音楽も、どんな美しい詩の一節も辛抱がならなくなった。蓄音器を聴かせてもらいにわざわざ出かけて行っても、最初の二、三小節で不意に立ち上ってしまいたくなる。何かが私を居堪《いたたま》らずさせるのだ。それで始終私は街から街を浮浪し続けていた。(一二)

「えたいの知れない不吉な塊」とはいったい何でしょう? 語り手もそれが何だかわかってはいない。むしろはっきりしているのは、それが正体不明だということです。名づけるのが不可能だという。しかし、ほかにもわかっていることはあります。「不吉」だという。良くないものなのです。嫌な、不快なものらしい。

考えてみると、「正体不明さ」と「不吉さ」という二つの要素はお互いに密接にむすびついていそうです。正体不明だからこそ不吉なわけだし、逆に、不吉さというのは基本的には未来や未知を示しているので正体不明なのが当然でもある。いずれにしてもまだ見ぬものであり、実体がない。

そうしてみると、この「えたいの知れない不吉な塊」というのは、私たちの誰もが知っている、ある普遍的な状況について語っているように思えます。正体不明な何かが未来から迫ってきているという予感。その予感そのものが心の中で暴れている。そんな体験をしたことのある人は少なくないのではないでしょうか。一般にそれは、「不安」といった言葉で呼ばれたりするのかもしれませんが、そうしたおさまりのいい言葉で名指すだけではたりない、もっと言いようもなく嫌なものです。いたたまれない気分にさせる。じっとしていられなくて、思わずじたばたしてしまう。

「檸檬」とはまさにそんな小説です。主人公はこの「えたいの知れない不吉な塊」に追い立てられるようにして、とにかく移動をつづけます。そして町をうろついたあげく、ある果物屋にたどりつく。

ある朝——その頃私は甲の友達から乙の友達へという風に友達の下宿を転々として暮らしていたのだが——友達が学校へ出てしまったあとの空虚な空気のなかにぽつねんと一人取残された。私はまた其処から彷徨《さまよ》い出なければならなかった。何かが私を追いたてる。そして街から街へ、先にいったような裏通りを歩いたり、駄菓子屋の前で立ち留ったり、乾物屋の乾蝦《ほしえび》や棒鱈《ぼうだら》や湯葉《ゆば》を眺めたり、とうとう私は二条の方へ寺町を下り、其処の果物屋で足を留めた。(一六)

この果物屋で彼にはいつもと違うことが起きます。なぜか檸檬が欲しくなる。それで、一つ買うのです。気分のよくなった彼は、これなら何とかなるとばかりに丸善に乗りこむ。「えたいの知れない不吉な塊」のせいで今の彼には近づきがたくなっていた洋書店です。そして、この書店で高級な洋書を繰りながら、彼はある〝いたずら〟を思いつくのです。他愛もない、しかし、彼にとってみれば、少なくとも彼の心の中では、ほとんどテロリズムにも似たある暴力的なくわだて。そして最後に、この〝いたずら〟を完結させるべく彼は先ほど買った檸檬をポケットから取り出す。この〝いたずら〟のおかげで彼はこの「えたいの知れない不吉な塊」から解放されることになります。抑圧からの解放という筋書きがここからは読み取れるでしょう。

名前の一歩手前

しかし、今、「檸檬」を持ち出したのは、この短編の全体をどう解釈するか考えるためではありません。気になるのは、「えたいの知れない不吉な塊」をこのように小説の冒頭に据えることの意味です。いや、冒頭だけではありません。この「えたいの知れない不吉な塊」と拮抗するようにしてあらわれた「檸檬」もまた――「檸檬」と仮に呼ばれているにもかかわらず――ほんとうのところでは名指し得ぬもののようなのです。主人公は「檸檬」を目前にしてあれこれと語りますが、実は周到に「名づけ」を避けています。まるでその檸檬に「檸檬」という名前などついていないかのように、手探りで接するのです。だから、たとえばその冷たさを語る。

その檸檬の冷たさはたとえようもなくよかった。その頃私は肺尖を悪くしていていつも身体に熱が出た。事実友達の誰彼に私の熱を見せびらかすために手の握り合いなどをしてみるのだが、私の手のひらが誰れのよりも熱かった。その熱いせいだったのだろう、握っている手のひらから身内に浸み透ってゆくようなその冷たさは快いものだった。（一八）

それから匂い。

私は何度も何度もその果実を鼻に持って行っては嗅《か》いで見た。それの産地だというカリフォルニヤが想像に上って来る。漢文で習った「売柑者之言」の中に書いてあった「鼻を撲《う》つ」という言葉がきれぎれに浮かんで来る。そしてふかぶかと胸一杯に匂《にお》やかな空気を吸い込めば、ついぞ胸一杯に呼吸したことのなかった私の身体や顔には温い血のほとぼりが昇って来て何だか身内に元気が目覚めて来たのだった。……(一八)

そして重さ。

——つまりはこの重さなんだな。——

その重さこそ常々私が尋ねあぐんでいたもので、疑いもなくこの重さはすべての善いものすべての美しいものを重量に換算してきた重さであるとか、思いあがった諧謔心《かいぎゃくしん》からそんな馬鹿げたことを考えてみたり——何がさて私は幸福だったのだ。(一九)

こうしてならべてみるとわかるのは、冷たさも匂いも重さも、名前の一歩手前だということです。このように触覚や嗅覚を通してのみ檸檬を語っているうちに、ふつうなら「檸檬」という名前で簡単に名指されうるはずのありふれた果物が、名指される一歩手前のところまで差し戻されるのです。どうもこの小説は名づけられない、名指せないといったことを大きなテーマとしているらしい。

先ほども触れたように、私たちの誰もがこのように「名指し得ぬもの」を体験として知っている。それはいったいどういうことか。私たちは「何」なのかはわからなくても、「そういうこと」として対象を理解する回路を持っているのではないでしょうか。名前の一歩手前で、それをとらえることができる。その一歩手前では、いったいどんなことが起きているのでしょう。「檸檬」という作品は、そこに私たちの注意を導いてくれるように思います。

私が考えているのはこのようなことです。私たちは日常生活の中でいつも名づけや名指しを行っている。必要だからです。名前があることで私たちは世界を整理し、意味づけ、世界と自分との関係を整え直したり、上手に付き合うための方法を見つけたりできる。名づけることは私たちが生きるうえで、もっとも原初的な行為と言ってもいい。はじめの一歩です。食べたり排泄したり眠ったりすることと同じくらい、私たちにとっては欠くことのできない行為なのです。

しかし、必要に駆られてとは言っても、名づけは根本的に自由な行為です。名づけることが可能なのは、どんな名前をつけてもいいという前提があるからです。もちろん多少の制約はあるかもしれません。いかにも男の子らしい名前とか、喫茶店にふさわしい名前といったような〝コード〟はある。でも、あらかじめすべてが決まっていたら、それはもはや名づけとは呼べません。何らかの自由さの余地が必ず残されているはず。

でも、そこで問題が生ずるのです。自由ということは、どこかに無根拠さがつきまとう。そうである必然性などない。たまたまそうなっているにすぎない。恣意的なのです。私たちはこのような無根拠さと付き合うのが実は苦手です。どうでもいい、と言われると、かえって何らかの「意味」が欲しくなる。つまり、名づけを行う私たちは、いつも微妙に不安定などっちつかずの気持ちを味わっているはずなのです。「さあ、好き勝手に名前をつけてやるぞ」という解放感と、「ほんとうに自分に的確な名前がつけられるだろうか？　大丈夫か？」という不安とがセットになっている。別の言い方をすると、無意味であることの自由と、有意味であることの安心とを私たちはともに欲しがってしまう。

この無意味と有意味との間で揺れる欲望そのものに、詩ならではの作用が隠れていると私は思うのです。たとえば、どんな名前にも私たちは意味を読みこんでしまう。つい「良い名前ですね」とか、「お似合いの名前です」なんてことを言う。名づけの瞬間の無根拠さを忘れ、名前の与えられたその瞬間から意味を読んでしまう。それはいつも私たちが、些細な理由を見つけて安心してしまおうと身構えているからです。でも、名前がつけられたときの無根拠さの記憶もかすかに残っている。だから、「よかったね。根拠なんかないのに、たまたまいい名前がついて」というメッセージがそこにはこめられることになる。

「檸檬」という小説の冒頭は、この欲望を露わにしたものです。なぜ「えたいの知れない不吉な塊」が出てくるのかというと、それは私たちに対応を強いるからです。「えたいの知れない不吉な塊」がそこにあるのなら、それは放っておくわけにはいかない。そんな恐ろしいものが迫ってきたら、何かしなければならないでしょう。この語り手がそうするように町をうろついたり、檸檬と出会ったり、さらには檸檬を使っていやらしい〝いたずら〟をくわだてたりしなければならない、つまり、必ずや何かをしなければならなくなる。欲望とはまさにそういうものです。必ずや何かをせねばならないと思う。檸檬についても同じです。それが名づけられないがゆえに、語り手は欲しくなる。買ってしまう。そして持ち歩いたあげく、その檸檬を使って何かをしてしまう。そこにはつねに「是非せねばならない」という欲望が働いていた。このような心理の背後にあるのは、いったい何なのか。

それは名づけられるべき、しかし未だ名づけられていないものとの出会いだと言えるでしょう。名づけられるべきだという必然性や切迫感の縛りと、未だ名づけられていないという自由や不安定さとが同居している。詩とは、名づけられるべき、でも、未だ名づけられていないものと出会うための場なのです。あるいはそういうふうに名づけられていないものと出会うことが詩だと言ってもいい。強烈にこちらを突き動かす圧迫的な衝動と、「さあ、お好きに」と放っておいてくれるゆるやかさ。「檸檬」の中で、このようにいたたまれなくなってじたばたしてしまう語り手は、詩というものをきわめて純粋な形で行為として演じているように思います。このように強烈な名づけの衝動に駆られることが詩なのです。そうして無限の自由の喜びに束の間ひたってしまうこと。一度でもこうした体験をしたことがあるなら、あなたはすでに詩を知っていると言ってもいいでしょう。もしまだ未体験だとしても、間違いなく、これから体験するはずです。

「TOKIO」「ペッパー警部」「ロックンロール・ウィドウ」「歌ネット」に準拠 http://www.uta-net.com/

糸井重里（いとい　しげさと、一九四八年〜）コピーライター、エッセイスト、タレント、作詞家。作詞に

「春咲小紅」「いまのきみはピカピカに光って」「さあ冒険だ」など。

阿久悠（あく　ゆう、一九三七～二〇〇七年）放送作家、詩人、作詞家、小説家。作詞に「北の宿から」「勝手にしやがれ」「熱き心に」など。

阿木燿子（あき　ようこ、一九四五年～）作詞家、作家、プロデューサー。作詞に「港のヨーコ・ヨコハマ・ヨコスカ」「魅せられて」「DESIRE―情熱―」など。

「おっとせい」『金子光晴全集　第二巻』中央公論社、一九七五年

金子光晴（かねこ　みつはる、一八九五～一九七五年）詩人。詩集に『こがね蟲』『鮫』『落下傘』など。

「海」『続・川崎洋詩集』（現代詩文庫、一三三）思潮社、一九九五年

川崎洋（かわさき　ひろし、一九三〇～二〇〇四年）詩人、放送作家。詩集に『はくちょう』『ビスケットの空カン』『どうぶつぶつぶつ』など。

「檸檬」『梶井基次郎全集　全一巻』筑摩書房、一九八六年

梶井基次郎（かじい　もとじろう、一九〇一～三二年）小説家。作品に『檸檬』『城のある町にて』『桜の樹の下には』など。

第2章

声が聞こえてくる
――宮沢賢治「なめとこ山の熊」、大江健三郎『洪水はわが魂に及び』、宗左近「来歴」

聞くことと、聞こえてくることのちがい

第1章に続いてこの章でも、詩を読まないという地点から出発してみたいと思います。詩に対する拒絶反応を乗り越えるには、「詩」という枠の外に出てみるのがいいからです。詩は必ずしも詩集や詩の教科書の中にあるとは限りません。詩の外にこそ、詩はある。詩が苦手だという人は、たいてい自分が詩の外にいると思いこんでいるのですが、ほんとうは中にいる。知らないうちにも、私たちは詩を実践しているのです。

この章で注目したいのは、聞こえてくるという感覚です。私たちは日常の中で始終音や声を耳にしているけれど、いつも聞こえてくると感じているわけではありません。聞くことと、聞こえてくることとは違う。私たちはしばしば聞いてはいる。けれど、聞こえてくるわけではない。このあたりの違

いを説明してみたいと思います。

ひとつ訊いてみたいのですが、みなさんは最近、何か退屈な思いをしたことがあるでしょうか。ないという人は幸せです。うらやましい限り。でも、たいていの人はある。では、どんなときにみなさんは退屈な思いをするでしょう。

私の経験で言うと、たいていそこには「形」がかかわっています。ふだん私たちは仕事をしたり、遊んだり、食べたり、眠ったりしているけれど、そういうことに取り組んでいる間は、なかなか退屈している余裕はない。済ませねばならない課題があったり、やりたいことがあったりして、その目標に熱中するからです。目の前に食事が出されたら、まずは箸をとり、冷めないうちに食べようと思う。

ところが、ときにそのような課題に本気で取り組めない、もしくは取り組む必要がない、という状況が生じます。たとえばあまりに仕事の内容が単純だ、簡単だ、とか。ゲームをやっていても、相手が弱すぎてやる気がでない、とか。こうしたとき、私たちはそれを形の上だけでやることになる。のめり込まずに、でも、やり方だけは守って行う。

これが退屈の第一歩だと私は思います。何かを形だけ行う。より典型的なのは儀式です。結婚式やお葬式など、最初から最後までやらねばならないことの手順は決まっていて、およそ予想外のことはほとんどない。このプロセスに退屈を感じる人は多いでしょう。もちろん儀式で主役となる人々は、感情がこみあげてくる中きちんとやり方を守るのに必死で、退屈どころではないかもしれません。でも、参加者の多くは手順が踏まれるのを、気分的に少し離れたところから見守っているわけです。

このような儀式には、つきものの要素があります。声です。教会の結婚式であれば神父さんのお説教とか祈りとか。披露宴でも司会の案内のほかに、必ずスピーチのようなものがある。お葬式でもそうです。お経や祈り、弔辞、弔電の読み上げ、挨拶……。

あたり前だ、と言う人もいるかもしれません。でも、ちょっとでいいので、この「あたり前だ」という常識をいったん停止してください。このように儀式の最中に誰かが声を発するのはなぜか考えてみて欲しいのです。儀式以外の場面ではどうか。声はふだんは、ものすごく偶然に支配されています。不安定であてにならない。はかない。声とは、まさにそれが私たちが生きていくうえでとても大事な道具であるがゆえに、いろいろな状況に応じて使いこなされなければならないものです。だからこそ、私たちは声の迫真性を信頼する。「危ない」とか「助けて」という声を聞けば、誰もが思わず振り向くでしょう。声はいま、ここ、と密着している。

しかし、儀式ではちがう。儀式の声は約束事の上に作られた声です。半ば偽物である。あくまで形だけだからです。日常世界で私たちが体験している声とは異なった次元に属すると言える。ではそんな声は、儀式の中でどのような役割を果たしているでしょう。聞いている人の多くが退屈する、決まり切った型をあてがわれた声が、なくてはならないものであるかのように使われるのはなぜなのか。

それはきっと、あてにならないような不安定なものに形を与えるところにこそ、儀式の最大の役割があるからではないかと私は思います。そもそも儀式などというものがあるのは、だらだらと際限なくつづく時間に、意味のある切れ目をつくるためです。結婚や死や、入学や入社や、結婚五〇周年や六〇歳の誕生日といったものに意味を与え、時間を区切る。そのためには、きわめて不安定な現象としての声に、まるで実在であるかのように形を与えるのがもっとも効果的なのです。形を与えられた声は、声が本来持っている流動性や突然性や新しさやひいてはリアリティを失って、モノと化す。これほどドラマティックなことはありません。瞠目するほどの展開だと言えるでしょう。モノと化した言葉は退屈です。私たちの生活にかかわりを持つのはモノと化す以前の声なのです。対して、モノと化した言葉は死んでいます。化石です。でも化石だからこそ、不動の印となる。

さて。ここで私はいよいよ大事なことを言おうと思います。みなさんからは反論が出るかもしれませんが、私はまったくまじめです。実は詩は、このような退屈で死んだ言葉に非常に近いところにあるのです。近接していると言ってもいいし、際にあると言ってもいい。

というのも、詩のもっとも大事な機能の一つに、儀式になろうとする衝動があるからです。詩とは生きているぐにゃぐにゃしたリアルなものに、形を与えようとする衝動だからです。もちろん殺そうというのではない。生け捕りにしたい。でも、形を与える以上、もはやそれは通常の時間の中にあるものとは少し違ったものとならざるをえない。どこかあらたまったものである。儀式のときに私たちが喪服やタキシードを着たりするのと同じで、詩にはフォーマルウェアを身にまとうような緊張感が漂う。いや、逆の言い方をすると、フォーマルウェアに身をつつんで儀式に向かうときの、退屈ではあるけれどささやかな緊張の漂うあの気分こそが、詩につながる感覚なのです。

詩は本来退屈なもの

冒頭の話題に戻りましょう。聞こえてくる、という感覚が詩では大事になると私は言いました。それはなぜかというと、言葉を意味のあるものとして、つまり自分の必要や欲求に直結した意味のあるものとして耳にするのとは違う聞き方のモードがあるからです。生の現実中の言葉の、その新鮮さやきらびやかさや唐突さに衝撃を受けつつも、同時に、そのような文脈や状況から言葉の威力を丸ごと引っこ抜いてしまいたい。そのようなとき、私たちは言葉を聞くのではない。言葉が聞こえてくるのです。まるで外からやってくるかのように、半ば嘘であるかのように、形だけのものであるかのように聞こえてくる。言葉がそれを使う人から、またそれを耳にする人からも、少しだけ独立してしまうのです。

儀式の中で行われるスピーチやお経や祈りの多くは、単なる形式にしか聞こえないかもしれません。もともとそれが引っこ抜かれてきた生の現実からすっかり遊離しているから。そうなってしまうと完全に化石です。死んだ言葉です。しかし、中にはぐにゃぐにゃした現実をたった今、形へと変換したばかりのように聞こえる言葉がある。言葉が聞こえてくるという感覚をそのまま伝えるようなものがある。そのような言葉は、まだ形の際のところにあるのです。生の現実に形を与えたいという際どい衝動そのものを、まだ体現している。

いい詩とはそのようなものだと私は思います。詩は本質的な退屈さを抱え持ったものです。これまでの部分を読んでいただければその意味はおわかりかと思います。詩はあらたまっているから。フォーマルな気分に満ちていて、生きた流れる時間よりも、枠を与えられた時間に軸足を移しているから。そういう意味では詩は儀式に近い。でも、完全に儀式になってしまったら、詩でいることはできない。儀式寸前、くらいなのです。儀式にしよう、儀式になろう、という衝動の中に詩がある。

よく詩が苦手という人の意見として、詩は小説とちがってストーリーがないから読みにくいというものがあります。その通り。詩が、次はどうなるのだろう？ と思わせることはそれほどありません。はらはらするようなサスペンスによって、語りが生の時間のうちにあるように装ったりはしないのです。詩が重きを置くのは、むしろ逆のこと。生の時間から抜け出すこと、超越することです。揺るがぬ時間を生み出したいのです。ただ、繰り返しになりますが、ほんとうの揺るがなさは、激しく動くものに形を与えたときにこそ生まれます。はじめから固まっているものを寄せ集めても脆弱な安定しか得られません。動きを内にはらんだ揺るがなさこそが強いのです。

詩の一歩手前

そういうわけなので、詩人は音や声が聞こえてくるという感覚にとても敏感です。また、そのような状況を描き出すことを通して、詩の言葉そのものをまるで聞こえてきたもののように、つまり生の時間から一歩抜け出した儀式の言葉に近いものとして表現するのも得意です。

しかし、敏感なのは詩人だけではありません。私たちもまた敏感なのです。そのことを覚えておいて欲しい。日常生活の中で「あ、声が聞こえてくる」と思ったとき、私たちは詩のすぐそばまで来ているのです。そのような詩の〝一歩手前〟の感覚をあらためて思い出させてくれるちょうどいい例があるので見ておきましょう。宮沢賢治の「なめとこ山の熊」です。

これは猟師の小十郎と熊たちとの一風変わった関わり方を描いた物語です。小十郎はすぐれた猟師で、追われる立場にある熊にも一目置かれているほど。小十郎にやられるなら仕方がないと熊も思っています。おそらくそれは、小十郎自身が熊に敬意をもって接しているからだと思われます。鉄砲で仕留め、血を流している熊に近づいていっては小十郎はこんなことを言ったりするのです。

「熊。おれはてまえを憎くて殺したのでねえんだぞ。おれも商売ならてめえも射《う》たなけぁならねえ。ほかの罪のねえ仕事していんだが畑はなし木はお上のものにきまったし里へ出ても誰《たれ》も相手にしねえ。仕方なしに猟師なんぞしるんだ。てめえも熊に生れたが因果ならおれもこんな商売が因果だ。やい。この次には熊なんぞに生れなよ。」(六〇)

お互いに相手を尊敬しつつも、運命の導くまま、仕方ないかのように小十郎と熊とは自分の役割を演じ続けます。つまり、私たちが知っている猟師と熊との関係とは少しちがって、どこかそこには演技めいた、もしくは先ほどの話を引き継いで言うと、儀式めいた納得づくの関わり合いがあるのです。小十郎にしてもとにかく殺せばいい、仕留めればいいというのではないし、熊のほうも逃げおおせるなり反撃するなりすればいいというわけではなさそうである。何しろ、なめとこ山の熊は、小十郎の犬さえ「すき」だというのです。

その証拠には熊どもは小十郎がぼちゃぼちゃ谷をこいだり谷の岸の細い平らないっぱいにあざみなどの生えているとこを通るときはだまって高いとこから見送っているのだ。木の上から両手で枝にとりついたり崖の上で膝をかかえて座ったりしておもしろそうに小十郎を見送っているのだ。まったく熊どもは小十郎の犬さえすきなようだった。(六〇)

でも、いくら「すき」でも、熊だって好きこのんでやっつけられるわけではありません。いちおう熊なりの役は演じるのです。

けれどもいくら熊どもだってすっかり小十郎とぶっつかって犬がまるで火のついたまりのようになって飛びつき小十郎が眼をまるで変に光らして鉄砲をこっちへ構えることはあんまりすきではなかった。そのときは大ていの熊は迷惑そうに手をふってそんなことをされるのを断わった。けれども熊もいろいろだから気の烈しいやつならごうごう咆《ほ》えて立ちあがって、犬などはまるで踏みつぶしそうにしながら小十郎の方へ両手を出してかかって行く。小十郎はぴったり落ち着いて樹をたてにして立ちながら熊の月の輪をめがけてズドンとやるのだった。(六〇)

このあたり、小十郎と熊たちとの関わり合いが、現実と儀式の境い目で行われているのがおわかりでしょうか。猟師と獲物という関係が単なる形骸化したお約束にしか見えなくなるほど、小十郎と熊とが友人同士であるかのように馴染んでいる。もはや儀式の一歩手前です。しかし、その一歩手前の地点から、両者は再び生きるか死ぬかという生の現実に戻っていく。

語りの聞こえ方

このように物語が現実と儀式の境界で展開するにあたって、欠くことのできない役割を果たしているのが「声」なのです。物語の冒頭からして、たいへん印象的な語り口なのですが、問題はその聞こえ方です。出だしは次のようになっています。語りがどのように聞こえるか考えてみてください。

なめとこ山の熊のことならおもしろい。なめとこ山は大きな山だ。淵沢《ふちざわ》川はなめとこ山から出て来る。なめとこ山は一年のうち大ていの日はつめたい霧か雲かを吸ったり吐いたりしている。まわりもみんな青黒いなまこや海坊主のような山だ。山のなかごろに大きな洞穴《ほらあな》ががらんとあいている。そこから淵沢川がいきなり三百尺ぐらいの滝になってひのきやいたやのしげみの中をごうと落ちて来る。(五八)

昔話風の語りにありがちかもしれませんが、語り手の「人らしさ」が前面に出ているのがおわかりでしょうか。いきなり最初の言葉が「なめとこ山の熊のことならおもしろい」なんて、すごく唐突で、乱暴です。でも、囲炉裏端で直接本人の話に耳を傾けているような状況を想像すれば、わからなくもない。そのあとも、「……山だ」「……吐いたりしている」「……あいている」といった語尾がつづくのですが、どうでしょう、あまり大勢の読者のことを気にかけているというふうではない。サービスしているというふうでもない。とにかく言いたいことをどんどん言ってしまう語り手像が想像されるように思います。マイペースで、でもけっこう熱心である。つまり、これはサービス精神とともにこちらに差し出された商品としての語りなのではなくて、語り手が好きこのんでやっている語り。自発的で、どちらかというと自己完結的な語りなのではないか。そんな印象です。

そんな語りは、まさに聞こえてくるのではないでしょうか。私たちはそれをちょっと離れた地点で耳にする。もしくは少し遅れた地点にいる。いずれにしても心理的に距離をおいている。だから私たちは話の内容にも興味を持つけれど、それと同じくらい語り手の独特さに反応してもいる。口調や、態度や、気配を聞く。語りを「形」として聞いているのです。それは儀式とのかかわりにも似ているように思います。儀式の中では私たちは何より外側にこだわるから。お焼香のやり方とか。挨拶の態度とか。スピーチのタイミングとか。

まるでこの冒頭部をなぞるかのように、「なめとこ山の熊」の随所で声はこのように降って湧いた〝外からの到来〟として描かれています。内容より、態度や口調の方が際だっている。私たちはそれらを、多少の違和感とともに、どこかから聞こえてくるものとして耳にするのです。先ほど引用した小十郎の熊についてのつぶやきもそうですし、ラストシーンで小十郎がついに熊にやっつけられたときにそれぞれが口にする言葉もそうです。

> ぴしゃというように鉄砲の音が小十郎に聞えた。ところが熊は少しも倒れないで嵐のように黒くゆらいでやって来たようだった。犬がその足もとに噛《か》み付いた。と思うと小十郎はがあんと頭が鳴ってまわりがいちめんまっ青になった。それから遠くでこう云う言葉を聞いた。
> 「おお小十郎おまえを殺すつもりはなかった。」
> もうおれは死んだと小十郎は思った。そしてちらちらちらちら青い星のような光がそこらいちめんに見えた。

「これが死んだしるしだ。死ぬとき見る火だ。熊ども、ゆるせよ。」と小十郎は思った。それからあとの小十郎の心持はもう私にはわからない。（六九）

ここでも「遠くでこう云う言葉を聞いた」なんて小十郎は思っているのです。どこか他人事のようです。小十郎自身の言葉も、「これが死んだしるしだ。死ぬとき見る火だ。熊ども、ゆるせよ。」なんて書かれていて、まるで彼自身の声が遠くで誰かにたまたま耳にされるのを想定しているかのようです。そこには、聞かれても聞かれなくても仕方がないという諦めの気持ちもこもっている。なぜでしょう。「なめとこ山の熊」で声がこのような聞こえ方をするのはなぜなのか。

ふつうなら聞こえないこととは？

おそらくそれは、この作品で描かれるのが通常なら聞こえない言葉だからではないでしょうか。ふつうは人間は熊の言葉がわからないし、熊も人間の言葉がわからない。あるいは死につつある人に、外からの声が聞こえるのかどうかも定かではない。でも、そういう声がたまたま聞こえることもあるかもしれない、聞こえるような気がする、もしほんとうに聞こえたらどうだろう、というのがこの作品の中心モチーフです。もっと言うと、聞こえるはずのない声を奇跡のようにして聞いてしまうことの感動こそが、この作品の中心にある。

そのもっとも良い例が物語の中程にあります。小十郎が偶然熊の親子と遭遇し、その会話を聞いてしまうのです。もちろんその会話は小十郎に向けて語られたものではない。小十郎にとってはその会話は、あくまで聞こえてくるものなのです。おそらく多くの人が「おっ」と思うような場面なので、少し長めに引用しましょう。

小十郎はまるでその二疋の熊のからだから後光が射すように思えてまるで釘付《くぎづ》けになったように立ちどまってそっちを見つめていた。すると小熊が甘えるように云ったのだ。

「どうしても雪だよ、おっかさん、谷のこっち側だけ白くなっているんだもの。どうしても雪だよ。おっかさん。」

するすると母親の熊はまだしげしげ見つめていたがやっと云った。

「雪でないよ、あすこへだけ降るはずがないんだもの。」

子熊はまた云った。

「だから溶けないで残ったのでしょう。」

「いいえ、おっかさんはあざみの芽を見に昨日あすこを通ったばかりです。」

小十郎もじっとそっちを見た。

月の光が青じろく山の斜面を滑っていた。そこがちょうど銀の鎧《よろい》のように光っているのだった。しばらくたって子熊が云った。

「雪でなけぁ霜だねえ。きっとそうだ。」

ほんとうに今夜は霜が降るぞ、お月さまの近くで胃《コキエ》もあんなに青くふるえているし第一お月さまのいろだってまるで氷のようだ、小十郎がひとりで思った。

「おかあさまはわかったよ、あれねえ、ひきざくらの花。」

「なぁんだ、ひきざくらの花だい。僕知ってるよ。」

「いいえ、お前まだ見たことありません。」

「知ってるよ、僕この前とって来たもの。」

「いいえ、あれひきざくらでありません、お前とって来たのきささげの花でしょう。」

「そうだろうか。」

子熊はとぼけたように答えた。小十郎はなぜかもう胸がいっぱいになってもう一ぺん向うの谷の白い雪のような花と余念なく月光をあびて立っている母子の熊をちらっと見てそれから音をたてないようにこっそりこっそり戻りはじめた。風があっちへ行くな行くなと思いながらそろそろと小十郎は後退《あとずさ》りした。くろもじの木の匂が月のあかりといっしょにすうっとさした。（六一〜六二）

まさかこんな会話が聞こえてくるとは……とても実際に聞こえるとは思えない……そんなふうにこちらをたじろがせるくらいの稀さをたたえた場面です。でも、それが稀ではあっても不可能ではないのは、ひょっとするとほんとうにあってもおかしくないという気を起こさせるからではないでしょうか。この会話は私たちのすでに知っている何かと似ているのです。だから、完全に儀式の世界にいってしまわずに、かろうじてこちら側につながっている。

まさに聞こえてくる声です。聞こえてくるだけの声は私たちにとって役には立ちません。ここでも小十郎は親子の会話を利用して何かをしようとはしない。もし、そのような邪心が芽生えたら、声は聞こえなくなる。利用してやろう、利益を得てやろうと思う心は声を聞くことしかできない。聞こえてくる声を受けとめることはできない。小十郎はあくまで熊の親子の声に耳を傾けているだけです。声が向こうからやってくるのを、ただじっと浴びている。そして、その「形」をじっと眺めている。おかげで、熊の親子の会話は生の時間を超越して、神々しいような輝きを得るのです。

　生まれては消滅する儚い声に、その儚さを些かなりと保存しつつも、何とかきちっとした型を与えたい。そんな衝動は詩人ならずとも持つのではないかと思います。だから、正式な「詩」以外の場所でも、この宮沢賢治の作品のように声の「聞こえてくる」感じに敏感に反応している例に出会うのは珍しいことではありません。

異次元というチャンネル

　ところで、あるいは少し心配になる人がいるでしょうか。「声が聞こえてくる」というと、場合によっては精神的な疾患を患っている人の症状を思わせるのではないか、と。たしかにそうかもしれません。私はその方面については専門的な知識を持たないのであまり深入りするのは避けたいとは思いますが、ある種の精神疾患で「声が聞こえてくる」という症状があるのはたしかです。声を聞いてしまう人はたいへんな苦痛に苛まれているし、場合によってはそのために周囲の人に危害を加えることもある。

　ただ、周囲の他人には聞こえない声を「聞こえてくる」と感じる能力のすべてが病気に分類されるわけではありません。歴史的にはそのような声との遭遇が宗教的な啓示の一環としてとらえられることもしばしばあったし、近代になるとそうした経験は天才ならではの閃《ひらめ》きやインスピレーションととらえられることもあった。死者の声を聞いてしまうという技能は、つい最近、二十世紀のはじめでも、輝かしい才能のあらわれととらえられていました。

おそらく私たちの中には依然として、日常的な次元の外からの声による「到来」に敏感に反応する回路のようなものが残っているのではないでしょうか。多くの人はその回路をもはやほとんど死蔵しているけれど、中にはそれを活用できる人もいる。そして、中にはその回路が暴走してしまう人もいる。

宮沢賢治は強い宗教心を持った人でした。宗教的な傾向が強い人が、声が聞こえてくることに敏感であるのはよくわかるように思います。そのような人は超越的な存在に対するアンテナがとてもよく機能しているからです。しかし、現代になるとそのようなアンテナを持ちあわせる人も少なくなりましたし、それだけに、他人のアンテナを受け入れる用意もなくなりつつある。

ただ、そのかわりと言ってもいいかもしれませんが、心の中の「異次元」に対しての感応度は以前にも増して高まっているようにも思います。その例としていわゆる「詩」以外の領域からもう一つ例をあげたいと思います。とりあげるのは大江健三郎の作品です。大江を宗教作家と呼ぶのは語弊があるでしょうが、『個人的な体験』を代表として大江の中に頻繁に登場する障害を持った長男は、この作家にとっては「異次元」へと彼を導いてくれる貴重な使者のように見えます。それというのも、この長男には、声が聞こえてくる状況に身を置くことのできる傑出した才能があるからです。長男は身体的知的に障害を持った人物として描かれ、主人公の父親はその世話をすることに多大のエネルギーを使うのですが、まるでその報いのようにして、長男は聞こえてくる声をとらえ、それを父親に報告するのです。『洪水はわが魂に及び』の中の一節を引用してみましょう。この作品では父の名は「勇魚《いさな》」と、長男の名は「ジン」とされています。

そのようにして勇魚は、まるまる五時間のあいだ、野鳥の声にみたされた避難所のなかで、幼児の皮膚をひっかきつつ、うつぶせになっていた。ジンの膀胱がふくらみ、しだいにジンは尿意を感じ始める。それは回復の兆候だ。たとえもっとも内臓的な感覚をつうじてであれ、硬直しかつ麻痺している幼児の肉体に、ひとつの方向性をもつ動きが生じたのだから。

勇魚は、なお硬いままの躰から、苦しみもだえたためにいまはほとんど股間をおおっていないお襁褓《むつ》をとりはずして、ジンを便器の上に運び待ちうけた。やがてごく静かに放尿がはじまり、尿の勢いは自然にたかまった。ジンの躰を支えたまま、背後の斜面への、すでに明るい硝子窓を開くと、霧の触手をのせた空気の流れがトイレットを渦巻きながらみたして、尿から立ちのぼる湯気のかたちをより明確にした。

——キジバト、ですよ、オナガ、ですよ、とジンが呼吸そのもののように微細な声でいい、勇魚にテープ・レコーダーとはことなる戸外からの鳥の声を認識させた。（六九）

核シェルターに立てこもる父の勇魚と、五十種類以上の野鳥の声を聞き分けることのできるジン。しかし、ジンは鳥の声を識別できるという能力を持っているわけではないのです。というのも、野鳥の声は決して彼の役に立ったりはしないから。彼のほんとうの能力は、そのように声に身をさらしうるところにあります。声を受動的に受けとめうるところにある。ジンは自分の身体をコントロールできないにもかかわらず、お襁褓を誰かに取り替えてもらわなければならないにもかかわらず、鳥の声はどんどん受け入れることができる。そこに示唆されているのは、彼の意識が私たちの知らないやり方で無意識とつながっているということかもしれません。私たちの知らないやり方で彼の心は「異次元」を知っている。

イギリス・ロマン派の詩人はしばしば鳥との遭遇を詩にしました。たとえばジョン・キーツの「小夜啼き鳥によせるオード」では、突然、どこかから鳥の声が聞こえてきて、語り手が陶酔状態に陥っていく様子が語られます。どこにいるかわからない小夜啼き鳥の声が、語り手を遠いかなたや太古の世界に誘うようでもある。そのうちに結核を病んだ語り手は、死の世界の甘美さに憧れを持ちさえする。鳥の歌声には、この世を越えた彼岸的な力があるのです。ただ、ここでも大事なのは語り手が聞こえてくるものとしての声をとらえているということです。ウィリアム・ワーズワスにも「カッコウに寄せて」「ヒバリに」といった鳥の声との遭遇を描いた詩がありますし、ほかにも、干し草を刈る娘たちの歌声を耳にする「ひとり麦を刈る娘」「ハイランドの娘へ」といった作品、イチイの木の下で遠いせせらぎの音を聞く「イチイ」など、遠くからの音に敏感に反応する作品が多々あります。異次元というものは、出会おう、とらえよう、と前のめりになってもなかなか到達することのできないものなのかもしれません。でも、詩人とはそのような遭遇の境地を知ってしまった人なのです。そして、いつまたその境地が訪れるのかと、ある程度意識的に待つようになった人でもある。私たちは詩人ではないかもしれないけれど、そのような境地がありうることを認識するのは十分可能です。

無言との格闘

ではこの章の後半では、具体的な詩作品をとりあげながら、「声が聞こえてくる」という感覚がどのようにして詩の中に表現されているかを見ていきたいと思います。最初に読むのは宋左近の「来歴」という作品です。この詩を手に取ると、はじめから何となく拒まれているような印象を持つかもしれません。前半部は字面からして、読みにくそうな気配がある。でも、この詩はまさにこの読みにくさが大事な作品なので、どのあたりが困難さの原因となっているのか、また、そのせいでこちらがどんな印象を受けるかを考えていただければと思います。

来歴

大阿蘇の噴きあげる火山灰が
奈良平安元興建武の武将の収奪殺戮の歴史を
ふかぶかと埋めて眠る熊本県菊池郡隈府町の
放ち飼いの若駒の朝日にむけてほとばしらせる
放尿のように爽やかな菊池川の
しぶきをあびて腐り傾き沈んでゆく

暗い水呑み百姓の蚕部屋の片隅で
西南戦争の茶色い記憶も薄れた明治二十年
落ちきった紅葉が泥にまみれて汚い冬
間びきそこねて生きのこりの赤ん坊
一人の兄二人の姉一人の妹一人の弟をもつ嬰児
妹と弟のための子守女であり兄と姉との下女である幼女
ために小学校には一日も通わず
もっぱら川原の小石を数えてすすり泣き泣き遊び
日が落ちては機を織りながら機のうえに眠りこむ
十二歳より十九歳日清日露の戦争の谷間
長崎市三菱造船所そばの勧工場花売り娘
明治四十四年庶子の一男をうむ
長崎市某所某寺住職植村某の認知するところ
改元して大正の日もあさく不縁
同じく大正五年一男を連れ子して二十歳年長の
流浪敗残の老博徒古賀丑之助の妻となり
大正八年五月一日あらたに一男をうむ

母よ
これがわたしの知っている
わたしの生まれるまでのあなたの歴史のすべてです
あなたがどんな娘時代をおくったのか
どんな理由で最初の男性と別れたのか
どんな恋と夢を持ったのか失ったのか
あなたはもちろんあなたのきょうだいの
誰も語ってくれないままにみんな
背をむけてあちらへいってしまった
ただ一人兄が残っているのだけれど
どうにもわたしは聞きただせないし
兄は兄で語ってくれる気はないもようです
おそらくあなたの話のなかには
そこがお墓のなかでもあるかのように
生きている限り兄とわたしがはいってゆくことはないでしょう
母よ
タニシのように苦い泥をのんで黙りこくっている
歴代百姓の系列の肉親の突然変異の

特別柔弱であったそのためだけに
子守も下男も田植もできなかったそのためだけに
あなたの長崎よりもはるかに遠い
パリなんぞにさまよっている
母よ
わたしはノートルダム寺院の住職になんぞなりたくはない
ノートルダム寺院を打ちこわして売りさばく
古銅鉄仲買商人になってやりたいのです
母よ
そのわたしが最後まで打ちこわさないでおくものを
知っていますか
なかびさしにかかる雨水おとしのガルグイーユの
あのお化け
みずから呑んだものでないものばかりを吐きだしている
あのお化け
あいつを
ゆっくりたたきこわしてやりたいのです
あいつ自身の身体のなかにしみこんでいる

あいつ自身でないものの沈澱した泥を
ゆっくり腑分けしてやりたいのです
母よ
あなた自身の
誰も知らせてくれないあなた自身の生活が
素通りして流れ落ちるために作られた
わたしというお化けを
ゆっくりたたきこわしてやりたいのです

いかがでしょう。前半と後半では文体ががらっと変わっているのがよくわかるかと思います。読みにくいのは前半のほうです。その読みにくさの原因はいくつかありそうなので、ざっと列挙してみました。


――急に話が始まるので、そもそもどういう話題なのかがわからない。

――語り手の顔も見えず、態度もわからないので、こちらとしてもどう付き合ってよいのかわからない。

――漢字がやたらと多くて堅苦しい。

――句読点がないので語句がどこまで続くのかわからない。

――使われている言葉が何となく古めかしく威圧的で、読んでいると恐ろしくなったり、へこたれたりする。
――すごく不幸な人生について語られているようで、暗い気持ちになり読み進める気がしない。しかも、出来事にひねりや展開がなくだらだらとつづく。
――場所や時代は妙に具体的だが、人間についてては固有名詞が出てこなくて、今ひとつ実感がわかない。

だいたいこんなところでしょうか。では、この部分はなぜこのような書かれ方をする必要があったのでしょう。わざわざこのように書かれたからには、何らかの理由があったのではないでしょうか。

この詩で中心となる話題は母親の「来歴」です。でも、それは詩全体を通して読むまではわからない。「母」という言葉は後半に入らないと出てこないからです。それまでは、来歴とは言ってもいったい誰の来歴のことかがわからない。後半の冒頭で「母よ」という呼びかけがあることで、まるで前半の謎を解き明かすかのように、わかりにくさが一気に氷解するという仕組みになっています。

そうすると前半の読みにくさというのは、対比的な構成をつくるための仕掛けと考えられるかもしれません。前半が堅苦しく意味の取りづらい、何となく堅牢な言葉で書かれているのに対し、後半は表現もやわらかいし、意味もとりやすい。話題の中心も明確。語り手はぐっと踏みこみ、懸案を直接的に言葉にします。「あなたがどんな娘時代をおくったのか／どんな理由で最初の男性と別れたのか／どんな恋と夢を持ったのか失ったのか／あなたはもちろんあなたのきょうだいの／誰も語ってくれないままにみんな／背をむけてあちらへいってしまった」。

　しかし、それだけではありません。もう一つ大事なのは「母の来歴」そのものに、〝わかりにくさ〟のテーマが潜んでいるということです。この詩を読んでみてわかるのは、「来歴」というタイトルがついているにもかかわらず、母親について、その過去や来歴について、ほとんど何も語られていないし知られていないということなのです。「来歴」というタイトルのつけられたこの詩でいちばん強調されているのは、まさに来歴の欠如である。自分の母が語られてこなかったということをこそ、この語り手は語りたい。皮肉なようにも思えるかもしれません。母親についてあまりにわずかなことしか知られていないということを、必ずしも短くはない詩の中で、たくさんの言葉を費やして、この詩人は語っている。

　もちろん、母親の来歴のすべてが謎なわけではありません。前半で書かれているように、生まれた村、時代、兄弟のこと、家での役割、さらには「小学校には一日も通わず／もっぱら川原の小石を数えてすすり泣き遊び／日が落ちては機を織りながら機のうえに眠りこむ」なんていう細部もある。案外、情報はあるのです。でも、それらの情報にはある特徴があって、そのために、こちらまで情報が届いてこない感じがする。

　その特徴とは前半の語りがどこか非人称的だということです。誰が語っているのか見えにくい。語り手の顔が見えない。官製というか、よそよそしいというか、型にはめられているというか。私たちが語り手に期待する暖かみや親しさなどがことごとく削り落とされていて、何か近づき難いものがある。いくら情報が盛り込んであっても、どこか語られ足りないのです。こちらを跳ね返すような無言が、言葉の奥に感じられる。

先に列挙したさまざまな読みにくさは、いずれもこの無言に発しているると言えるのではないでしょうか。唐突な出だしや語り手の態度・方向の不明確さ、文体上の不親切さ、話題の不透明感……いずれも語りのぬくもりの欠如からきている。逆に言うと、ふだん私たちはそのようなぬくもりを期待することに慣れている。ここではわざとそんな期待に背くような語りが展開されているのです。

でも、考えてみると、このような「無言」はまさに母親の来歴のあり方と重なるのです。つまり母親の人生そのものが、このような無言の中をくぐりぬけてきた。ひょっとすると母親やその周囲にいる人間は、そうした無言を貫くことでこそ生き延びることができたのかもしれない。

しかし、おもしろいのは、母の育った世界を支配する不親切でよそよそしい、ぬくもりを欠いた無言が、この詩の中では一種の「聞こえてくる声」として響いているということです。母についてあまりにわずかしか語られていないということが、それ自体語りのテーマになるというのは、無言や沈黙にもまた声が宿っているということを意味します。どんなに語られていない、無名で、つまらなくて、くすんだものにも、語られるべき何かがある。たとえそれが欠如や不在であっても。

たしかに後半で展開されるやわらかい雄弁な語りは、前半の堅牢な無言からの解放と見えるかもしれません。しかし、語り手は「タニシのように苦い泥をのんで黙りこくっている」母親と対比させるようにして、母親の来歴を語ろうとする自分を「お化け」と呼び、揶揄してもいます。

あなた自身の

誰も知らせてくれないあなた自身の生活が
素通りして流れ落ちるために作られた
わたしというお化けを

泥をのんで黙りつづける母の人生は壮絶です。これに対し、そのような寡黙な人生から聞こえてくる声を語ってしまう詩人は、いったいどういう存在なのでしょう。放っておけば黙って静かに消えていくものをわざわざ表沙汰にし、問いを立てたり、じたばた騒いだり、声を荒げたりする。

ひょっとすると後半のやわらかい語りは、母親をあの堅牢な無言から解放するかと見えて、実は別の意味での囚われを描き出しているのかもしれません。とりわけ「母よ」と繰り返される呼びかけにそれはよく表れています。繰り返しは感情の昂揚を示すかもしれませんが、他方、そこには型の意識がある。言葉は繰り返されるうちに〝お決まり〟になり、〝約束事〟となるからです。この些か芝居がかった語りの身振りには、声がその主から切り離されてしまったという状況が映し出されています。「母よ」と繰り返す語り手は、自分自身の語りを外から聞こえてくる声として耳にしている。そこには冷めた儀式性が見て取れます。「ノートルダム寺院を打ちこわして売りさばく／古銅鉄仲買商人」になりたいと願う語り手はそのことを知っているのです。自分が、聞こえてくる声を素通りさせて流す空虚な装置だという認識がある。

ここでもはっきりしているように、声を聞こえてくるものとして耳にする能力は必ずしも喜ばしさや晴れがましさに満ちているわけではありません。詩人はしばしば聞こえてくる声に乗りうつり、そこにたたえられている情念を言葉に乗せるかもしれません。そこには代弁し解放するという伸びやかな仕草が見て取れる。しかし、同時に詩人はどこかで、詩人であることの抑圧をも生きざるをえないのです。「聞こえてくる声」を語りつづける詩人は、声を素通りさせる「お化け」たらざるをえない。

「来歴」の後半は、前半に較べると言葉としてはやさしく伸び伸びして見えるかもしれませんが、堅牢な無言から母親の人生を解放しようとする語り手自身が、生の声ではもはや語れない、どこかで形に縛られた言葉を語らざるをえないようでもある。この詩がこのような構成をとったのは、母親の生きた「無言」を耳にし語り直すという過程を通し、自分自身の声の行き詰まりと出会うためかもしれません。現代の詩人では、このように自分自身の声をも外から聞こえてくるわからない声として聞いてしまうという例が多くあるように思います。声がたとえば天界から到来する可能性は、宗教的な感受性の衰退とともにすっかり小さくなりましたが、その分、自分の中に「外」を見つける詩人が増えた。そうした人たちは自分自身の声に、外から到来した声であるかのような頑なな謎や無言を感じ取るのです。そして、ときにそこに奇跡的な輝きに満ちた出会いが生ずることもある。次の章ではそのメカニズムについてさらに詳しく見てみましょう。

「なめとこ山の熊」『宮沢賢治全集 7』（ちくま文庫）筑摩書房、一九八五年

宮沢賢治（みやざわ けんじ、一八九六～一九三三年）詩人、童話作家。作品に『銀河鉄道の夜』『風の又三郎』、『春と修羅』（詩集）など。

『洪水はわが魂に及び』（新潮文庫）新潮社、一九八三年

大江健三郎（おおえ　けんざぶろう、一九三五年〜）　小説家。作品に『死者の奢り』『万延元年のフットボール』『晩年様式集　イン・レイト・スタイル』など。

「来歴」『宗左近詩集』（現代詩文庫、七〇）思潮社、一九七七年。『続・宗左近詩集』（現代詩文庫、一一七）思潮社、一九九四年。

宗左近（そう　さこん、一九一九〜二〇〇六年）　詩人、評論家、仏文学者、翻訳家。詩集に『炎える母』『藤の花』『続縄文』など。

第3章

言葉をならべる

——新川和江「土へのオード」、西脇順三郎『失われた時』、石垣りん「くらし」

詩人は列挙する

聞こえてくるという感覚に敏感になってくると、気がつくことがあります。詩の言葉は並べ立てられることが実に多いということです。そして言葉が並べられると、よくわからないのだけど、いい気持ちになってくる。そのあたりを確認するために、この章では三つの詩を読んでみたいと思います。新川和江と西脇順三郎と石垣りんの作品です。この三つを選んだのは、列挙の仕草が印象に残るからです。まず新川和江の「土へのオード」（第五番）から見てみましょう。

せり
なずな

ごぎょう
はこべら
ほとけのざ
すずな
すずしろ……

春の草のことなら
なんでも知ってる　春の土

はぎ
をばな
くず
おみなえし
ふじばかま
ききょう
なでしこ……

秋の草のことなら

なんでも知ってる秋の土
わたしもなりたい
春秋をゆたかにかかえた
ふところの大きい土に

「土へのオード」というのは新川和江の代表作で、自然と一体化するかのようなおおらかな語りが特徴的です。この第五番ではとくに「草」がテーマになっている。「せり」「なずな」「ごぎょう」「はこべら」といきなり春の草が列挙されています。

詩人というのは列挙するのがたいへん好きです。おそらく列挙という方法を用いたことのない詩人はいないし、列挙をもっぱら〝得意技〟として詩を書いたという人もいる。西脇順三郎の『失われた時』という長編詩にも列挙的な語りがみられます。その一部を抜いてみましょう。

永遠の眼は光をかすかに
とどめる可憐な女だ
ベーラムの香りが地平に残る
夕陽のように髪の毛に残る
たそがれのアザミのような空の

ひとみにヤコブの一生が写っている
永遠はかなしい煙突のように
リッチモンドのキューのパゴーダ
のようにポプラの樹のように
向うの小山の影より高く
立っている——
舟をこぐ男の腰の悲しい
まがりに
薄明のバラの香りに
渡しをまつ男のほそいズボン
のうす明りに
塔の幻影がラセンのように
くねくねと水にうつる時に
ハンの樹の下側がたにしのように
うつる魔術家の帽子に
牛の乳房が写る水に
あひるの黄色いくちばしのうら
がうつるこのエナメルのなめらかな

永遠の瞬間の限りない
悲しみと失念のエピファニアの
ペーターのジョイスのシモンズの
はてしない空間の鏡に
無くなるすべてのものに
ミミナグサの
カナリヤの好むノボロギクの
白鳥の最後の歌を
この川べりのくいのわきで
めがねをかけた男が
くちずさむくちびるがふるえる
枯葉のような声を出す

西脇順三郎が日本語で詩を書き出版したのは比較的年をとってからでしたが、作風は途中で大きくかわります。はじめは短い凝縮した詩を書いていたのが、『旅人かへらず』のあたりから、凝縮感よりも連続感で詩を書くようになった。今、引用したのはその典型です。

このように切れ目なく言葉をつづけるのはなかなかたいへんなことです。西脇の場合は、口語自由詩の行替えをうまく使っている。行末の言葉を、意味的に続いているのか続いていないのかあいまいなままにすることで、あまり性急でないような、いつ途絶えてもおかしくないけれど、でも意外と途絶えないという効果を生みだしているのです。引用部分でいうと、次の傍線を引いたような箇所は前に続くのか、後ろに続くのか、どこにもつづかないのかがあまりはっきりしない。「ベーラムの香りが地平に残る／夕陽のように髪の毛に残る／たそがれのアザミのような空の／ひとみにヤコブの一生が写っている／永遠はかなしい煙突のように／リッチモンドのキューのパゴーダ／のようにポプラの樹のように／向うの小山の影より高く」。そのため、ゆるい粘着感のあるひと連なりの連続が感じられるわけです。

そのようなゆるい連続の中でも大きな役割を果たしているのが、言葉の列挙的な使い方です。今取り上げた箇所で言うと、「ベーラム」「地平」「夕陽」「髪の毛」「たそがれ」「アザミ」「空」「ひとみ」「ヤコブ」「一生」……といった名詞が出てきますが、中でも「ベーラム」「アザミ」「ヤコブ」「リッチモンド」「キュー」「パゴーダ」「ポプラ」といった片仮名による名称には目がいきやすい。これは、名詞と名詞をつなぐ接続部分の言葉の用法があいまいになっているために、名詞から名詞へとさ迷うような読み方を私たちが強いられるからだと思います。この作品では「土へのオード」の草の名前のように明白な形では列挙が行われていませんが、その連続感の柱になっているのは片仮名の列挙だと言えるでしょう。

もう一つ、石垣りんの「くらし」を見てみましょう。

食わずには生きてゆけない。

メシを
野菜を
肉を
空気を
光を
水を
親を
きょうだいを
師を
金もこころも
食わずには生きてこれなかった。
ふくれた腹をかかえ
口をぬぐえば
台所にちらばっている
にんじんのしっぽ
鳥の骨
父のはらわた
四十の日暮れ

　　私の目にはじめてあふれる獣の涙。

この詩は『失われた時』とは、ある意味では正反対のつくられ方をしています。『失われた時』では明白な列挙ではない言葉の連なりの中から列挙が浮かび上がってくるという仕掛けになっていた。この「くらし」という詩では、それとわかる形で「メシを」「野菜を」「肉を」「空気を」……と列挙が行われているのですが、実はこの列挙は単なる羅列ではなくて、明確な論理を含んでもいます。それがはっきりするのは「光を」「水を」とつづいて、急に「親を」「きょうだいを」「師を」と展開するあたりです。

　語り手ははじめは日常の中で「食わずには生きてゆけない」ものをあげます。それははじめは「メシ」「野菜」「肉」と私たちが常識的に食べるものばかり。それが「空気」「光」となると、ちょっと次元がかわる。そこで私たちは、「ああ、この詩はそうやって〝食べる〟ものの次元を拡大していくのだな」と少し心の準備ができる。ところがそんな心の準備をさらに上回るような急展開がその先に待っているわけです。何しろいきなり「親を」「きょうだいを」食うというのですから。

　もちろんこの急展開を通して表現されていることは明瞭でしょう。「メシ」を食べるのよりももっと深いレベルで、私たちがまわりの世界とかかわり、おそらくはその助けや善意をむさぼって生きている。それを「ごめんなさい」とか「ありがとう」といった言葉によって安全な日常性におさめるのではなく、自分が「獣」であるという意識にもっていく。ちょっとどきっとします。いかにふだんは「私」が無反省で貪欲で凶暴なのかが伝わってくるかのようです。しかし、その目には「涙」があふれているともいう。そこからは、わかっているけれどどうしようもない、という絶望や悔恨や諦念と、さらには感動や感謝までもが入り交じった複雑な感覚が伝わってきます。

なぜ私たちは列挙しないのか？

というわけで、三つの詩はそれぞれだいぶ傾向がちがうけれど、いずれにも共通して言葉が列挙されているということは言えます。それでちょっと考えてみて欲しいのです。果たして日常生活の中で私たちはこのように言葉を列挙するでしょうか。おそらくしないのではないか。少なくとも、ふつうはしない。

でも、詩ではする。というか、詩ではしてもいいらしい。詩では語り手は列挙をしたがるし、それをすることが許されている。その理由を考えてみると、第2章で話題にした「詩では聞こえてくる」ということについて、いまひとつのヒントが得られるように思います。

まず日常生活の中でなぜ私たちが列挙をしないのかということから考えてみましょう。道具として言葉を使うとき、私たちは言葉に意味させようと必死です。言葉に役割を与え、その役割を全うさせるために私たちはいろいろと工夫をする。明瞭に発音するとか。語順を組み替えてみるとか。相手がちゃんと聞いているか確かめるとか。そのときに私たちがとくに注意するのは、一つ一つの語が文の中でどのような役割を果たしているかを明らかにするということです。

ところが言葉を列挙するとそのあたりがあいまいになりやすい。というのも列挙されたものは、名詞であっても形容詞であっても動詞であって、もともとそれがどこにどうつながっていたかの痕跡を失いがちだからです。そのため、私たちは意味がちゃんと伝わっているか不安になってくる。実際、先ほどの「土へのオード」の「せり／なずな／ごぎょう／はこべら／ほとけのざ／すずな／すずしろ……」という一節をいきなり目にしたとき、それがどのように意味へとつながるか、不安になった人もいたかもしれません。石垣りんの作品は「食わずには生きてゆけない」という冒頭の行が強烈なので、列挙されている語に対する意味の拘束がより強いのですが、それでも、読んでいるうちにやはり少し心配になるかもしれない。『失われた時』となると、列挙そのものが原因とは気づかないかもしれませんが、とにかく言葉の行く先が不明で、何か意味のあるものを読んでいるという実感すら失う人も出てくるかもしれない。おそらく詩が苦手という人は、このような列挙にとまどったことが多いはずです。

言葉とめまい

なぜ、詩人はこのような言葉の使い方をしたがるのでしょう。

その第一の理由は、言葉の一つ一つを文脈から自由にするということにあります。たとえば「土へのオード」でいえば、列挙されている「せり」や「なずな」や「ごぎょう」のそれぞれが、つかの間、文の拘束を離れてそれだけで独立したようになる。私たちは言葉をいわば裸にして、ふだん見たことのないその相貌を目撃するのです。すっぴんの言葉と出会う。そして、すっぴん顔に潜んでいる言葉の匂いや肌触りを感じる。

そうすると、ほら、こんな味がするでしょう、と詩人は言ってくるわけです。「土へのオード」などはその作用がとりわけ強い。列挙されたからこそ、私たちは草の名前が持っている、ふだんは気づかない感触をあらためて知ることができる。

まずこれが大事な第一歩です。

でも、それだけではありません。列挙というのは数え上げるのにも似た行為で、別に数そのものが問題になっているわけではないとはいえ、次はこれ、こんどはこれ、というふうにどんどん言葉がつらなっていきます。この「どんどん」という感覚に注目してみましょう。

そもそもここで、「次はこれ、こんどはこれ」と勢いをつけているのはいったい誰でしょう。もちろん言葉をあやつっているのは詩人にちがいないのですが、ふつうの日常的な言葉の使い方とちょっとちがうのは、言葉を列挙する詩人が自分の「意志」や「意図」に拘束されていないということです。

ふつうの文には必ず語尾なるものがある。である、とか。です、とか。そういう語尾を通して、文は述語的に完結し、落ち着きのいい意味の居場所を見出すわけです。意味の居場所には必ず語り手の意志や意図が含まれている。語尾には、語り手がそれをどう意味させたいかという怨念のようなものが乗りうつっているのです。これは体言止めでも同じです。体言止めこそ、いかにも「ほらどうだ」という構えを持っている。表向きいかにも述語的ではないだけに、私たちはその前後の文脈からその居場所を定めようとする。その結果、言葉がより意味的になる。

しかし、列挙はちがいます。言葉がつらなり述語から遊離すると、私たちは目がくらみ、忘れ、まるで語り手がそれに何も意味させていないかのような錯覚をするのです。言葉そのものがどんどん連なる結果、言葉が語り手から自由になる。もちろん、その自由度は作品によってちがいますが、でも、

いかにも意味の拘束が明瞭な石垣りんの作品でさえ行替えとともに、

メシを
野菜を
肉を
空気を
光を
水を
親を
きょうだいを

……と列挙がつづくと、ふと、言葉が意味や意図を喪失したように見えたりする。少なくともそういう瞬間がある。

私たちはふだん、言葉を前にしてくらくらしたりはしない。そうしないように注意しているし、そうなってしまうような状況もあまりない。でも、実はそういう言葉との付き合い方があっていいのです。むしろ、このくらくらっとするめまいの感覚は、詩の神髄にあるものでさえあると私は思う。

「どうせ」の外側に出る

このことは、そもそも私たちがなぜ詩では聞こえてくる声を待望するかということとも関係してきます。私たちが誰かの言うことに耳を傾けて聞くときには、ほとんどの場合は私たちはすでにその内容を知っているのです。知っている内容を確認しているにすぎない。そこでは私たちは言葉を使って作業しているだけ。

これに対し、聞こえてくる声は暴力的です。言葉が言葉になる前の、つまり言葉がまだ「もの」であった頃の記憶をひきずっている。だから、降って湧いたもののようにこちらにボカッとぶつかってくるのです。そして、まさかそんな言葉があるなんて！　と私たちに衝撃を与える。

無意味な音が言葉へと変貌する瞬間というものがあります。私たちは幼児のとき、あるいは大人になって外国語を学習するときにそのような瞬間を体験してきたけれど、次第にその驚きを忘れた。しかし、聞こえてくる声というものはそれを想い出させてくれるのです。まさか、というような言葉との遭遇を演出してくれる。

列挙はほんとうに乱暴です。こちらの事情にはおかまいなしにつづく。圧倒的です。しかし、この圧倒性はなかなか爽快でもあります。通常、言葉はいろんなものを背負っている。私たちは言葉の持っている意味やニュアンスの束の重さに、いささかうんざりしがちです。何か言おうとしても、いちいちそういうしがらみが気になって、面倒くさくなる。どうせ、という気持ちになる。この「どうせ」は、私たちが自分自身に対して抱く気持ちとも似ているかもしれません。私たちは自分について

「どうせ」と思いがちです。言葉は、自分にもっとも近いところにあるもので、だから、自分に感じるのと同じように自分の言葉についても私たちは「どうせ」と思ってしまうのです。ところが、その言葉が急に見たこともないような圧倒的な暴力性を露わにしてくれたら、私たちは新しい自分を発見した気分になるでしょう。「どうせ」の外側に出ることができる。

列挙とは詩人の支配力と暴力性のあらわれです。言葉を列挙できる詩人は強い。しかし、それは危険な行為でもあります。下手な列挙を行えば、言葉はほんとうに意味をなくし、虚無に陥ってしまう。虚無すれすれのところから、こちらに戻ってくる列挙こそが圧倒的なのです。この章であげた三人の詩人は、それぞれのやり方で列挙を使いこなし、聞こえてくる声ならではの圧倒性を表現していたと思います。

「土へのオード」『新選新川和江詩集』（新選現代詩文庫、一一二）思潮社、一九八三年
新川和江（しんかわ　かずえ、一九二九年〜）　詩人。詩集に『ひきわり麦抄』『はたはたと頁がめくれ…』『記憶する水』など。

『失われた時』『西脇順三郎詩集』那珂太郎編（岩波文庫、緑一三〇－一）岩波書店、一九九一年
西脇順三郎（にしわき　じゅんざぶろう、一八九四〜一九八二年）　詩人、英文学者。詩集に『Ambarvalia』『旅人かへらず』『第三の神話』など。

「くらし」『石垣りん詩集』（現代詩文庫、四六）思潮社、一九七一年

石垣りん（いしがき　りん、一九二〇～二〇〇四年）詩人。詩集に『表札など』『略歴』『やさしい言葉』など。

第4章 黙る——高村光太郎「牛」

あなたはいつ大きな声を出しますか？

これまでの三つの章では、日常生活に隠れている詩のタネのようなものに目をやってきました。この章では、もう少し表立って詩が力を発揮している場面について考えてみたいと思います。とくに注目したいのは「声を出す」ということです。

はじめに考えてみてほしいことがあります。みなさんは、いったいどんなときに大きい声を出すでしょう。スポーツなどしていると、指導者や上級生がしつこく「声を出せ」と言ったりします。しかも、なるべく大声を出すことが求められる。従わないと、「声が小さい！」と叱られる。私は中学校時代、野球部に入っていましたが、とにかく声を出すことを命じられた覚えがあります。試合中は、味方の攻撃の間はベンチから敵のピッチャーに対しありとあらゆる罵詈雑言を浴びせる。自分がバッターボックスに入ると、「よし、こいっ」とか「行くぜ」とマウンドのピッチャーを威嚇する。そして守備につくと今度はバッターを「うら、うら、打ってみろ」とやじるという決まりになっていました。そうするよう指導されたのです。今から思えば、まるでちんぴらの喧嘩のようなものですが、そのときはともかく言われた通りに大きな声を出そうとしたものです。

なぜあんなに大きな声を出す必要があったのでしょう。ふつうに考えれば、大きな声を出すのは大事な用件があってそれをどうしても誰かに伝えたいときです。ぜったいに伝え損ねたくはない。相手に届けたい。とりわけ相手が離れたところにいたり、こちらに注意を向けていなかったりするときには、言葉が伝わらない危険がある。そういうとき、私たちは大きな声を出すのです。でも、今の野球の例はそうではなさそうです。鍵になっていたのは気分や感情です。相手を威嚇したり、自分の気分を高揚させたり、あるいは緊張感を緩めたりと、いろいろな意味で大声が〝気持ち〟にかかわる作用を持っていた。

ということは大きな声の役割は二つに峻別できるのかもしれません。一つは情報を伝えるという面。これをきっちり行うためには大きな声を出したほうがいい。野球でも、二人の野手の間にフライが上がったときには、「俺が取るぞ」あるいは「お前に任せる」と大きな声で意思表示する必要がある。これは草野球でもプロ野球でも同じです。

これに対しもう一つの役割がある。ふだんは情報伝達に紛れていてあまり意識しないかもしれない、明確に規定しにくいものですが、ごくおおざっぱに言えば、それは大きな声を出すことによってエネルギーそのものを発生させるという役割です。この場合、内容は二の次になります。とにかく言葉を投げかけた相手に、声のエネルギーによって何らかの影響を及ぼしたり、ひいては自分にも何らかの効果を生みたい。詩がかかわるのはとくに後者のほうです。

言葉ははじめからそこにあるわけではない

私たちは言葉のことを考えるときに、ついすでにある言葉ばかりを見てしまいがちです。眼の前にある文章が読めるかどうか。意味が分かるかどうか。辞書や文法書には言葉が満載です。世の中にふんだんにあふれている言葉をどう整理し、どう理解し、どうやって解釈するかに私たちは厖大な時間と精力を費やしています。その延長線上で、私たちが自分で言葉を使うときも、「こんなふうに言ったらヘンかなあ」「こんな言い方あったっけ」と、既存の規範を気にするわけです。つまり、まだ口にされていない言葉でさえ、すでにあるものの一部であるかのように扱おうとする。先回りして、〝既知〟の体系に組みこもうとするのです。

しかし、どんな言葉もはじめからそこにあるわけではありません。誰かが言おうと思って、体が反応して、口を開いて、そこでやっと言葉になる。書かれた言葉もそうです。言葉が書かれ、場合によっては印刷されたり、ネット上に載るまでには、実にいろんな過程がある。もちろんその途中で中絶されてしまう発言もあるでしょう。頭の中ではできあがっていたのに、結局、口にされなかった言葉。何時間もねばって四苦八苦し、ついに一字も書けないままペンを置いたり、パソコンの画面を閉じたりということもある。

私たちはこうしたプロセスを忘れがちです。言葉を、はじめからそこにあるものとして扱おうとする。しかし、言葉というのは、ほんとうはいちいち生まれ出るものなのです。生まれなければそこにはない。これは驚くべきことです。いや、そういうことに驚くセンサーを私たちはみな持っている。あ、言葉がある！　言葉が発生した！　とその出現に驚き、ときには感動し、ときには怒ったり、悲しんだりもする。

そういう意味では言葉は衝撃的です。強いもの。強烈なものです。私たちが大きな声を出すのは、言葉がもともと持っているこの〝強さ〟を駆動させたいときではないかと思います。意識するとしないとにかかわらず、言葉の持っているエネルギー性にその持ち味を存分に発揮させようとしている。

そこで冒頭の問いにあらためて戻ってみましょう。私たちはいったいいつ大きな声を出すのか。先ほどは「エネルギーを発生させようとしているとき」という言い方をしましたが、では、言葉がもっともエネルギーを発生させるのはいつか。やや奇妙にも聞こえるかもしれませんが、それは実は大きな声で語っていないときなのかもしれません。より正確に言うと、すでに大きな声で語っていないとき。つまり、いったん大きな音量になってしまった声はたいしたことはないのです。それほどの強さを持ち得ない。むしろ、これから大きな声になろうとするとき。沈黙をやぶって突然、言葉が出てくるとき。もしくはかつて大きな声だったものが静まるとき。そんなときに声はもっとも強烈になる。言うか言わないか、沈黙か無言かといった境界が意識されればされるほど、言葉は先鋭になるからです。

近代以前は詩の言葉は大事なことを伝えるための重要な器でした。情報の伝達こそが詩の重要な仕事だった。しかし、近代以降、わざわざ言葉に詩の形を与えて記憶に残したり、言いやすくしたり、繰り返して強調したりといった工夫をする必要がなくなった。情報伝達は紙に印刷された散文のほうがよほど確実に行ってくれるからです。

しかし、詩はそこで滅びてしまったわけではない。強く言うという詩の機能には、大事な情報をきちっと伝達する以外の役割もあるからです。その役割についてあらためて考えてみたいのです。そうすると、日々言葉を使って生きていくうえで、私たちがどのように言葉の強烈さと付き合っているのかということもわかってくるのではないかと思います。詩の言葉の中では〝強さ〟がどのような役割を担っているのか。言葉と人間との間でいったい何がおきているのか。

高村光太郎と「愚鈍さ」

以下にとりあげるのは、高村光太郎の「牛」という作品です。高村は小学校中学校高校のどこかの段階で必ずと言っていいほど国語の教科書にとりあげられている詩人ですから、多くの人はその作品を目にしたことがあるはずです。どんな印象をお持ちでしょう。おそらく、どこかごちごちした、力強いけれど、無骨でもある作品というふうに思う人も多いのではないでしょうか。「牛」という詩もそうです。その冒頭部はこんな感じになっています。

牛はのろのろと歩く
牛は野でも山でも道でも川でも
自分の行きたいところへは

まっすぐに行く
牛はただでは飛ばない、ただでは躍らない
がちり、がちりと
牛は砂を掘り土を掘り石をはねとばし
やっぱり牛はのろのろと歩く

なぜ無骨な感じがするかというと、それは語り手の身のこなしがぎこちないからです。「牛は〜する」という言い方が何度も使われていて、まるで自分で自分の語り口を縛っているような、あまり自由ではない感じがする。一度決めてしまったら、なかなかやり方を変えられない。頭が硬い。頑なのです。「野でも山でも道でも川でも」とか「ただでは飛ばない、ただでは躍らない」とか「がちり、がちりと」というように同じような言葉を並べる部分にもそれはよく表れています。微妙な方向転換ができない言葉なのです。しつこいほど、一方向をめざしている。スーパーに置いてあるトローリーをごろごろ押していくときの気分を思い出してもらうとわかりやすいでしょう。とにかく小回りが利かない。

こういう言葉は、正直言って今あまり流行りません。読者は飽きっぽいから、次に何を言うかがわかるような文章にはいちいち付き合ってくれません。昔だってそうだったでしょう。高村光太郎が詩を書いていた昭和の初め頃だって、読者はそんなに悠長ではなかったはずです。

でも、どうやら高村はわざとこんな書き方をしているようでもあります。このしつこさ、この頑なさ、この愚鈍なほどの一途さにこだわっている。

牛は急ぐ事をしない
牛は力一ぱいに地面を頼って行く
自分を載せている自然の力を信じきって行く
ひと足、ひと足、牛は自分の道を味わって行く
ふみ出す足は必然だ
うわの空の事ではない
是でも非でも
出さないではいられない足を出す
牛だ
出したが最後
牛は後へはかえらない
足が地面へめり込んでもかえらない
そしてやっぱり牛はのろのろと歩く

すでにおわかりだと思いますが、このしつこい愚鈍な語り口は、まさに牛の振る舞いそのものです。この詩の言葉は牛に似ようとしているのです。だから「急ぐ事をしない」とか「ひと足、ひと足、牛

は自分の道を味わって行く」とか「そしてやっぱり牛はのろのろと歩く」といった箇所も牛の描写ではあるけれど、同時に、詩の言葉そのものの振る舞いでもある。詩の言葉が牛の有様を実演していると考えればいいでしょう。

しかし、それでは牛と詩が、あるいは牛と詩人とが完全に重なるかというと、そうでもない。一つ決定的な違いがあるからです。

それは牛が決して語らないということです。牛はずっと黙っています。のろのろ歩くだけです。詩にはそれはできない。牛の真似をしてのろのろ歩くことはできても、牛のように黙ってしまうことはできない。詩なのですから、当たり前と言えば当たり前です。詩が黙ってしまったら詩にはなりません。

しかし、ほんとうにそれは当たり前なのか。何となく、私にはそうでもないように思えるのです。少なくともこの詩を読んでいると、しゃべることが当たり前とは思えなくなってくる。ひょっとすると詩にも黙ることが可能なのではないか。

読んでいて落ち着かない

そんなふうに思うのは、この詩の牛に対する憧れが強烈だからです。強烈なあまり、単にのろのろ歩いたり、がむしゃらになったりするだけでは足りなくて、牛のように黙ってしまいそうな気配がある。さらに続きを読んでみましょう。

牛はがむしゃらではない
けれどもかなりがむしゃらだ
邪魔なものは二本の角にひっかける
牛は非道をしない
牛はただ為たい事をする
自然に為たくなる事をする
牛は判断をしない
けれども牛は正直だ
牛は為たくなって為た事に後悔をしない
牛の為た事は牛の自信を強くする
それでもやっぱり牛はのろのろと歩く
何処までも歩く
自然を信じ切って
自然に身を任して
がちり、がちりと自然につっ込み食い込んで
遅れても、先になっても
自分の道を自分で行く

引用部冒頭の「牛はがむしゃらではない／けれどもかなりがむしゃらだ」というのはどういうことでしょう。何だか自分で自分の言ったことを取り消すような変な言い方です。もちろん、散文的な解釈は可能です。たとえば、「牛はいかにもがむしゃらな態度はとらないけれど、実はけっこうがむしゃらだ」とか「見かけはおとなしいが頑固だ」というふうに言い換えたりすると、なるほどと思う人もいるでしょう。おそらく教科書の一問一答式の設問ではこのように理解させるのではないかと思います。

でも、そんなふうに納得してすむことでしょうか。それならはじめから「牛はいかにもがむしゃらな態度はとらないけれど、実はけっこうがむしゃらだ」と言えば済むことではないでしょうか。でも、そうは言わないのです。わざとこちらが戸惑うような「牛はがむしゃらではない／けれどもかなりがむしゃらだ」という矛盾したような言い方をする。

それは先ほど言ったように、この詩の語り手に自分で自分の言ったことを取り消そうとする傾向があるからかもしれません。ただ、牛と同じで、この語り手は前へ前へと進むだけですから、わざわざ前の地点に戻るようなことはしない。ただただ、自分の言葉を乗り越えていく。続く箇所などはその典型です。「邪魔なものは二本の角にひっかける／牛は非道をしない／牛はただ為たい事をする／自然に為たくなる事をする／牛は判断をしない／けれども牛は正直だ／牛は為たくなって為た事に後悔をしない／牛の為た事は牛の自信を強くする／それでもやっぱり牛はのろのろと歩く」。ここも論理のつながりがよくわからないと思う人がいるでしょう。「邪魔なものは二本の角にひっかける」ことと「非道をしない」ことと「ただ為たい事をする」ことの間にまるで何かつながりがあるかのように語られていますが、どうでしょう。あるいは「牛は判断をしない」と「けれども牛は正直だ」の間には、逆接の関係があるかのように語られているけれど、いったいどこが逆接なのか。

もちろん、ここも言葉を補えば散文的な言い換えが不可能ではない。たとえば前者は「邪魔なものを二本の角にひっかけるのは、決して非道ではない。為たいことをしているという点で、むしろ正道なのだ」というふうに読み替えてもいい。あるいは「牛はとにかく正面から敵にぶつかるのみ。策を弄したりはしない。したいことをするだけで、正々堂々としたものだ」と読んだっていい。後者の逆接も「牛はいちいち人間のように判断なるものをしていないにもかかわらず、人間などよりはるかに正直なのだ」と読み替えるとわかりやすくはなる。

でも、そんなふうに読んでも、この詩はちっとも生きてこないでしょう。むしろ大事なのは、「邪魔なものは二本の角にひっかける」→「牛は非道をしない」→「牛はただ為たい事をする」→「自然に為たくなる事をする」→「牛は判断をしない」→「けれども牛は正直だ」という展開の、飛躍を含んだ不安定さをしっかり体験することなのです。語り手が何とおおざっぱなことか。何とぶっきらぼうで、独善的で、謎めいて、下手をすると論理破綻。支離滅裂。でも逆に、ものすごく深いことを言おうとしているのかもしれない。だから、簡単な言葉なのに意味がとりにくいのかもしれない、何か金言が隠されているのかもしれない……私たちはこんなふうにいろいろな印象を持つ。読んでいて、どうも落ち着かない。

この落ち着かなさこそに、この詩の言葉の本質があると私は思います。この詩が一見した単純な見かけにもかかわらず、どこかぶっきらぼうで不親切なのは、語り手が自分の言葉がすっと聞き手に届いてしまうことに警戒心を持っているからです。障害無しにするっと言葉をやり取りしてしまうような語り手と聞き手、詩人と読み手との関係はあやしいと思っている。そんなことでいいのかと疑っている。

その大元にあるのは、言葉を発することに対する不信感です。語り手は牛を描くのに際して、ぺらぺらとわかりやすい雄弁さでは語りたくないと思っている。それでは、牛の無言にはかなわないから。語り手が何より表現したいのは、牛の振る舞いの根本にある沈黙なのです。そういう意味では、この詩ははじめから「負けゲーム」です。どんなに言葉を尽くしても、語られてしまった言葉は無言には勝てない。でも、ほんとうに黙ってしまったのでは、牛を語ることはできない。

だから、語り手は無言すれすれ、沈黙すれすれの言葉を語ろうとするのです。なるべく派手にならない、地を這うような言葉。形式的な繰り返しの中に埋没し、下手に個性やらひねりやらで目立とうとはしない言葉。相手にやすやすと伝わってはしまわない言葉。愛想がなくて、つながりの見えにくい寡黙な言葉。この詩にはいくつか特徴的な表現方法が見られます。

雲にものらない
雨をも呼ばない
水の上をも泳がない
堅い大地に蹄をつけて
牛は平凡な大地を行く

やくざな架空の地面にだまされない
ひとをうらやましいとも思わない

傍線で示したように、否定がすごく効いている。牛の語らない有様を示すには、何より「〜しない」という否定形で語るのがいいからです。しかし、それは単なる否定のための否定ではない。牛がほんとうにすごいのは、無言をたたえていながら、それでもちゃんとあるからです。その「ちゃんと」に類する語もあちこちに出てきます。

牛は自分の孤独をちゃんと知っている
牛は食べたものを又食べながら
じっと淋しさをふんごたえ
さらに深く、さらに大きい孤独の中にはいって行く
牛はもうと啼いて
その時自然によびかける
自然はやっぱりもうとこたえる
牛はそれにあやされる
そしてやっぱり牛はのろのろと歩く
牛は馬鹿に大まかで、かなり無器用だ

思い立ってもやるまでが大変だ
やりはじめてもきびきびとは行かない
けれども牛は馬鹿に敏感だ
三里さきのけだものの声をききわける
最善最美を直覚する
未来を明らかに予感する

今傍線を引いた「ちゃんと」「じっと」「やっぱり」「けれども」といった言葉が共通して示すのは、いずれも牛が元々持つ性質に立ち戻っているということです。「ちゃんと」や「やっぱり」ははじめからあるものに肯定的に言及している。最初の前提が「ちゃんと」「やっぱり」正しかったことを確認している。「じっと……ふんごたえ」もそのような前提の正しさを踏まえた身振りだと言えるでしょう。新たな状況が生じても、自分の前提を信じている。「けれども」も、この場合は牛の元来持っている力に対する信頼があらわれた逆接表現です。ここでも新しい状況の中で、牛の抗う力が示されている。その抗う力の芯にあるのは、変わらないことです。そのままである。生きているのにまるで死んでいるかのように揺るがない。不動の強さなのです。

牛という口実

では、言葉にはそんな牛の生き方をほんとうに模倣することができるのでしょうか。言葉はそもそもが発せられたものです。生まれた時点で、すでに不動性を失っている。書くにしても読むにしても、語るにしても聞くにしても、時間の流れの中で機能するものだから、不動の一点にとどまり続けることはできない。

しかし、この「牛」という詩の言葉は、牛を語ることを言わば口実にして、その沈黙に近づこうとしている作品であるように私には思えます。語らないこと、しゃべらないことの試みです。沈黙の実演には、「牛」という動物がモデルとしてもってこいだった。詩人は牛になろうとすることで、自分を越えようとするのです。

「牛」はかなり長い作品です。でも、驚くほどどこにも行かない詩だと言える。やたらと展開しないのです。じっとそこにとどまり続ける。最後まで「牛はのろのろと歩く」をキーフレーズにして、ぐるぐる旋回している。

牛の力はこうも悲壮だ
牛の力はこうも偉大だ
それでもやっぱり牛はのろのろと歩く
何処までも歩く
歩きながら草を食う
大地から生えている草を食う
そして大きな体を肥す

利口でやさしい眼と
なつこい舌と
かたい爪と
厳粛な二本の角と
愛情に満ちた啼声と
すばらしい筋肉と
正直な涎を持った大きな牛
牛はのろのろと歩く
牛は大地をふみしめて歩く
牛は平凡な大地を歩く

「それでもやっぱり」という一節が示すように、この詩は不動を描いています。しかし、不動で、無言すれすれで、虚無的でさえあるけれど、何だかひどく強烈なエネルギーに接したような気にもなる。

いかがでしょう。言葉というのは不思議なものだということがおわかりいただけたでしょうか。人は大きい声を出すことで、強く言おうとする。しかし、より強い言葉を追求していくと、むしろ大きい声を出さない、いや、そもそも声を出しすらしない方がいい場合もある。「牛」という作品はその境地を目指したものと思えます。牛が体現しているような黙ることの強さを、詩の中に何とか表そうとしている。
このような試みは詩の中では決して珍しいものではありません。詩はとにかくしゃべりまくるもので、大きな声で強調して訴えるのがその本務だと勘違いしている人もいるかもしれませんが、近代の詩の仕事はそのようなものだけではありません。むしろ詩の言葉は別種の「強さ」を目指すことが多いのです。詩の言葉でなければ到達できない「強さ」というものがある。それは下手をすると、私たちの日常の言葉を微妙にずらしたり壊したりしないと得られないものかもしれない。でも、そのような強さは、最終的には私たちの日常の言葉が持っている屈強さを確認させてくれるものだし、さらには私たち自身の生命の根源にある力をも教えてくれるのです。

「牛」『高村光太郎詩集』(岩波文庫、緑四七-一) 岩波書店、一九八一年

高村光太郎(たかむら こうたろう、一八八三〜一九五六年) 詩人、彫刻家。詩集に『道程』『智恵子抄』『典型』など。

第5章 恥じる
――荒川洋治『詩とことば』、山之口貘「牛とまじない」、高橋睦郎「この家は」

読まれなければ意味がない?

ひょっとすると第4章の説明を読んで、「いやいや、まだ納得できません」と思った人もいるかもしれません。そもそも詩というのは表現です。表すことです。外に向けて表すということを前提条件にしているからこそ、読者も意味を読み取ろうという姿勢になってくれる。なのに、黙ることを武器にするのはルール違反ではないか、と。それでは昔ながらのご機嫌の悪いお父ちゃんみたいなものではないか。気に入らないことがあるとともかくダンマリを決め込んで、お母ちゃんが慰めてくれるのを待つ。言ってみれば〝甘えん坊父ちゃん〟です。そんな甘えん坊に対しては、読者も「もうお前なんか、読まない!」という姿勢をとることが許されるのではないか。

たしかに近代社会では、黙ることはとかく評判が悪いです。文句があるなら発言せよ、と私たちは言われてきました。せっかく選挙があるのだから、ちゃんと投票せよ。投票しないのは、人々が血を流して勝ち取ってきた民主主義の貴重な権利を投げ捨てるようなものだ、という。声をあげよ、主張せよ、権利を行使せよ、と言われる。

そのとおりです。近代の政治では「声」こそが力を発揮してきた。武力ではなく、あるいは封建的な地位ではなく、個人のいちいちの発言が社会を動かす。そんな中で黙ろうとするなんて、時代錯誤もいいところです。だから、詩というジャンルは凋落してきたのではないか。だから、今どき、詩なんて誰も読まないのだ。

こうした議論には私も半ば説得されてしまいそうになります。そうか、と思う。人に伝わりにくいことを言っておきながら「自分はあえて黙っているのだ。沈黙と発話のすれすれのところを際どく生きているのだ」などと開き直ってみても、ちゃんちゃらおかしく見える。そんなのは自己満足です。発話への抵抗を表現の一部に取りこむなんて、言葉を活字にすることが特権的な行為だった時代の名残り。今や小学生だってネット上に自分の言葉をばらまく事ができる。もはや言論は渋谷のスクランブル交差点のような状況で、ありとあらゆる言葉が飛び交っており、沈黙どころか相当の怒声をあげても、誰の耳にも届かないでしょう。

このことについては私も悩んできました。私自身は沈黙と発話の間をさまよっているような詩はすごくおもしろいと思うのですが、そういうものにまったく反応しない人をどうやって説得したらいいのか。「読まれなければ意味がないでしょう?」「わからなければ読む価値がないよ」という声には、ついい、「そうかなあ」と思いそうになる。しかし、思いそうにはなっても、すぐに白旗をあげる気にもなりません。譲れないものがある。この章ではそのことについて考えてみたいと思います。

詩ははじめから恥ずかしい

詩人の荒川洋治は、自分で詩を書くだけではなく、詩を書くとはどういうことか、詩を読むとはどういうことかを、いろんな角度から考えてきた人です。何しろ、詩があるのがもはや当たり前ではなくなった時代です。詩なんていらないよ、という声が多数派になりつつある。だから、彼は決して詩という制度に安住しません。詩なんて、いつなくなってもおかしくないというところから出発する。だから説得力がある。『詩とことば』という本の中で彼は、「はずかしさ」について語っています。話はまず人が歌をうたうことを「はずかしい」と思わないことの不思議さから始まります。

人が歌をうたう。気持ちよさそうに、うたっている。こちらも気持ちがいい。うたうときは、ことばを口から出す。その口のかたちがいつもとはちがう。からだのようすもいつもとはちがう。いつものその人とはちがう。日常をはずれている。反俗的なものである。もっといえば過激である。
曲がつくから、うたうことができるのかもしれない。もし曲がなかったら、はずかしいものだ。もちろんそうでない人もいるが、かたちとしては、そういう印象を与えるものになる。その人がつくった歌詞を自分でうたうのも、同じ。そこから曲がはずされたら同じこと。自分の書いたことばを、そのままうたうのだ。もっとはずかしい。でもそういうふうには、うたう人は思わない。いま自分が、ことばだけになっていることを異様なことには感じない。曲におおわれると、なんでもな

いことになる。子供もおとなも、誰もがうたう。平気でうたう。自分のもつ、過激さが見えなくなる。（一六三）

世の中には、「死んでもカラオケにだけは行かない」と言う人がいます。そういう人は歌が下手なだけかもしれない。でも、歌がどんなに下手でも、どんなに音痴で、どんなにだみ声でも、平気でカラオケに行ってマイクを握りしめ朝まで熱唱する人もたくさんいます。私の知り合いにもいます。

ということは、「死んでもカラオケにだけは行かない」のは別の理由があるのかもしれない。うたうことは、根本的に恥ずかしいことなのではないでしょうか。その恥ずかしさに打ち勝つことができないくらいにデリケートだから、カラオケに行きたくないのではないか。私もほんとうは人前でうたうのが苦手です。大学で授業をやっているうちに自意識が摩耗してだいぶ鈍感になり、「死んでもカラオケにだけは行かない」というほどではなくなりましたが、できれば避けたい。

なぜ人はうたうのが恥ずかしいのか。その理由を深く考えることは私もこれまであまりしませんでしたが、荒川洋治のこの一節にあるとおりなのかもしれません。すなわち、「その口のかたちがいつもとはちがう。からだのようすもいつもとはちがう。いつものその人とはちがう。日常をはずれている。反俗的なものである。もっといえば過激である」ということ。私たちはなるべく「いつものその人」でありたい。そうすることで、無用に目立たないようにしている。しかし、うたうとは、そうした「いつも」をかなぐり捨てることなのです。だから恥ずかしい。

しかし、曲があると、この恥ずかしさは減る。曲のせいにできるからです。制度のせいにすればいい。自分が過激なのではない。曲があるから仕方なくそうしているにすぎないのである。では、詩の場合はどうか。詩には曲がつかない。荒川洋治は以下のようにつづけます。

詩は、曲がつかない。だから、はじめからはずかしい。活字で発表するから、はずかしさは若干やわらぐものの、同じことだろう。はずかしいのは、詩を書く人だけではない。歌をうたうとき、人はそれと同じことをしているのだ。曲があるから、そう見えないだけの話である。勇気のあることをしていることになる。そしてそういう人が、曲のない詩を前にすると、あやしいものを見たような気分になる。首をひっこめる。おもしろい。(一六三〜一六四)

このように歌－曲＝詩というふうに考えてみると、たしかにわかってくることがある。歌だって恥ずかしいのに、曲がない詩はもっと恥ずかしい。何しろ「いつものその人とはちがう。日常をはずれている。反俗的なものである。もっといえば過激である」のです。

詩と「いつもの自分」

実はあまり大きな声で言いたくはないのですが、ひょっとすると私も詩を書いたことがあるかもしれません。下手をすると、今でも書いているかもしれません。でも、そのことは言いたくない。恥ずかしいからです。なぜ、恥ずかしいのでしょう？　荒川洋治の言うとおりのような気がします。いつもの自分ではなくなってしまう。おそらく私の肩書きが「詩人」だったら、そんなに恥ずかしくはないでしょう。肩書きのせいにできるからです。「何しろ自分は詩人だから、仕方なく詩を書いているのだ。まったく参ったよ」などと涼しい顔で言える。でも、詩人でもないのに詩など書いていると、かえって本気みたいに見えてしまう。つまり、本気で「過激」になっていると見えてしまうのです。本気に見えてしまったら、「いつものその人」をかなぐり捨てたも同然。そんな恥ずかしいこと、とてもできない。

しかし、詩を書くことに意味があるとしたら、この「恥ずかしさ」を背負っていることが大事なのではないかと私は思います。ひょいひょいと恥ずかし気もなく語られてしまう詩にどれだけの価値があるのか。

詩はかつては歌とほとんど同義でした。それは〝みんなのもの〟だった。共同体や制度が詩を詩にしていたからです。詩にはいろいろな形の上での決まりがあり、内容にも縛りがある。だから、みんな安心してそれを〝歌う〟ことができた。まわりの人や制度を信頼することで、伸び伸びと自分を解放できる。今でもそうかもしれません。うまく歌える人というのは、そういうふうに自分を外にむかって解き放つことのできる人。

しかし、詩は、今、歌とはちがいます。詩にはうたうことに対する疑いがこめられています。そういう意味では、第4章で読んだ高村光太郎の「牛」は微妙なところを揺れているとも言えます。今にも黙ってしまいそうなたどたどしい語り口ではありますが、たとえば以下のような部分では、詩がほとんど歌と化しつつあるように聞こえる。

利口でやさしい眼と
なつこい舌と
かたい爪と
厳粛な二本の角と
愛情に満ちた啼声と
すばらしい筋肉と
正直な涎を持った大きな牛
牛はのろのろと歩く
牛は大地をふみしめて歩く
牛は平凡な大地を歩く

「牛はのろのろと歩く」と例のくりかえしが出てくることで、何とか歌にブレーキがかかり、おかげで安楽な歌にはなりませんが、歌寸前の部分です。

詩が歌にならないことが大事なのは、詩が「こんなことを言っていいのだろうか」という言葉に対する畏れを担うことのできるジャンルだからです。もちろん散文でも恥ずかしさの意識を表現することは可能かもしれませんが、その場合、「こんなこと、言ってもいいのだろうか」というふうに疑問を直接的に説明的に語ることになりがちです。それではアリバイ工作のように聞こえるかもしれない。

詩の場合はちょっと違います。何しろ詩はもともと歌とほぼ同義だったから、今でも歌に肉薄できる。肉薄することでこそ、歌との際どい違いを見せつける。今にも歌になりそうなのにならないという瞬間を示すことで、歌を疑うということを実演してみせるのです。実際に行うのと、言葉で説明的に言うのとはかなり違う。

牛の効用

このことを考えるのにちょうどいい例があります。山之口貘の「牛とまじない」という詩です。おもしろいのは、ここでも主役が「牛」だということです。

のうまくざんまんだばざらだんせんだ
まかろしやだそわたようんたらたかんまん
ぼくは口にそう唱えながら
お寺を出るとすぐその前の農家へ行った
そこで牛の手綱を百回さすって
また唱えながらお寺に戻った
お寺ではまた唱えながら
本堂から門へ門から本堂へと
石畳の上を繰り返し往復しては
合掌することまた百回なのであった

もう半世紀ほど昔のことなのだが
父は当時死にそこなって
三郎のおかげでたすかったと云った
牛をみるといまでも
文明を乗り越えておもい出すが
またその手綱でもさすって
きのこ雲でも追っ払ってみるか
のうまくざんまんだばざらだんせんだ
まかろしやだそわたようんたらたかんまん

語り手の父は、牛を使ったまじないのおかげで助かったという。病気だったのか、別のことだったのかは、この詩だけからはわかりません。そんな父ももう、とうに亡くなったのでしょう。すべて昔のことです。でも、語り手は今、牛のそんな神通力を信頼してみたい気持ちになっている。それだけ、追い詰められた気持ちになっている。何に追い詰められているのか。「きのこ雲」、すなわち核でしょうか。あるいは核が代表する軍事的な装置や、もっと文明一般の恐ろしさのことかもしれません。でも、「きのこ雲でも追っ払ってみるか」なんていう言い方をする語り手は、どこまで本気なのでしょう。かなり本気なのは間違いありませんが、最後の一歩で、ちょっとだけ「待て」という声が聞こえるような気もする。ほんのわずかな疑いがある。それは何より「のうまくざんまんだばざらだんせんだ／まかろしやだそわたようんたらたかんまん」と唱えられるお経の扱いにあらわれています。この言葉が必ずしもすべての読者に対して意味をなすわけではないことを語り手は知っています。そんな言葉をわざと詩の冒頭と最後にもってくることで、語り手はことさら無言すれすれのところをさまよってみせているかのようです。

その無言の奥にあるのは、〝牛的〟なものです。牛的とはどんなものか。ちょうど高村光太郎の「牛」を読んだばかりの私たちにはとてもわかりやすいはずです。雄弁をつらねたり、敏捷に身をひるがえしたりする感性とは対極にあるものです。高村の「牛」では、「牛はがむしゃらではない／けれどもかなりがむしゃらだ」という印象的な一節がありました。きっと〝牛的〟なものとは、愚鈍で、一途で、変わらなくて、でも誠実で、何より言葉を持たないもの。語り手にとってはそれが「自然」というものを具現するのかもしれない。少なくとも恐ろしい「文明」に抗うにはもっとも効果的なお守りのようです。

こうして語り手は、わざと意味のわかりにくいお経の言葉を詩に放り込み、その背後にいかにも鈍重そうな牛を立たせることで、共同体の心地良い幻想から一歩距離を引いているとも思えます。ほんとうなら美しい曲として聞こえてきそうな故郷の歌を、地味でくすんだもの、鈍重で不明瞭で寡黙なものとして提示している。牛やまじないは、一方では共同体の夢への信頼をあらわしますが、他方、そんな夢の歌の聴き取りづらさをも示す。

語り手は知っているのです。もはや追い詰められた個人が、共同体の夢をあてにして自分を解放できるような時代ではなくなったことを。自分というものをそう簡単に手放すことはできない。自分はしつこく自分に返ってくる。まとわりついてくる。だから、自分の発言もブーメランのように自分に戻ってくる。それが言葉の「はずかしさ」というものです。

しかし、この恥ずかしさはきわめて重要なものです。乗り越えたり、忘れたりすればいいものではない。なぜなら、深々と恥ずかしい気持ちとともに語られた言葉には、「ほんとうにこんなこと言っていいのか」という迷いや疑念や覚悟の生む、一種の威力があるからです。ほんとうに強いのはそういう言葉です。ひょいひょいと言えてしまう言葉など、たいした力を持つことはできない。

上手に恥じるために

そんな恥ずかしさの中でももっとも根本的なのは、「語っているつもり」の自分に対する恥じらいです。言葉がほんとうに自分のものなのか、という疑いが生まれることがある。そうなると、とても暢気に歌になどひたってはいられない。

高橋睦郎に「この家は」という作品があります。リフレインのある詩なのですが、高村光太郎の「牛はのろのろと歩く」と同じで、歌とはほど遠い。というのもそのリフレインが「この家は私の家ではない」というものだからです。読み進めていくとわかってくるのですが、「この家は私の家ではない」とは、自分の根本を疑う身振りです。

この家は私の家ではない　死者たちの館
時折ここを訪れる霊感の強い友人が　証人だ

色なく実体のない人物たちが　階段を行き違っている
彼等が恨みがましくなく　晴れ晴れとしているのが　不思議だ
と彼は言う　不思議でも何でもない　私がそう願っているからだ

なぜ、「私」の家は「私の家ではない」のか。なぜ「死者たちの館」なのか。この作品で語り手が「家」という比喩で示しているのは、詩を書くという行為です。

親しい誰かが亡くなって　葬儀に出るとする
帰りに呉れる浄め塩を　私は持ち帰ったことがない
三角の小袋をそっと捨てながら　私は呟く
もしよければ　ぼくといっしょにおいで
その代り　ぼくの仕事を手つだってね
そう　詩人の仕事は自分だけで出来るものではない
かならず死者たちの援けを必要とする

詩人は死者の力で書いているにすぎない。それは詩人が死者の言葉を借りているということでもあるでしょう。これは自分の言葉だ、といい気になっていたら笑われる。それこそ恥ずかしさの極み。だから、発言するときには、いつも恥じらいの気持ちがつきまとうのです。これは自分の言葉じゃないのではないか。きっと違う。他人の言葉、死者の言葉だ……そんなふうに「自分」を穴に押し込めるようにして語ることで、詩人はかろうじて恥ずかしさを乗り越えようとしていると見えます。

この家は私の家ではない　死者たちの館
ぼくのところにおいでというのは　厳密には間違いだ
きみたちの住まいにぼくもいさせてね　というのが正しい
ここには　はじめから死者たちが群れていて
しぜん　新しい死者を呼び寄せるのだから
（中略）
この家は私の家ではない　死者たちの館
私の家といえるのは　私が死者となった時
それも正しくは　私たちの家というべきだろう

よく、「聞いているほうが恥ずかしくなる」という言い方をします。それは当の本人が十分に「恥」を自覚していない場合です。だから、その分、聞いている方に「恥」があふれ出す。まわりが身代わりになって恥じざるをえない。まわりは悪い意味で汚染されることになります。でも、高橋睦郎の詩は決してこちらを恥ずかしくさせることはありません。語る前に詩人が十分恥じているからです。散々恥じたうえで、やっと語られた言葉なのです。

今、きちんと恥じるのはとても難しい。何しろ、「恥ずかしがらずに語れ」「発言せよ」「投票せよ」ということを小さい頃から言われている。言葉を口にすることに対する畏れが失われている。実際に言葉を口にするときには、まだしも慎重かもしれません。しかし、たとえばネット上での発言は、取り消しが効くと思うせいか、かなり無警戒です。恐ろしいことも平気で言ってしまう。確かに恐ろしいことや嫌なことを言わなければならないこともあるのですが、そのためにはそれなりの言い方がある。「これをほんとうに言ってもいいのだろうか」というためらいとともに言わなければならないことがある。

毒には毒の料理法があるのです。それを知らないで言葉にしたら、下手をすると口にした本人が中毒死してしまう。詩の言葉には毒があふれています。今の高橋睦郎の「この家は」にしてもそうです。すごく恐いことを言っているのかもしれない。緊張感がある。そういう意味では、詩は言葉の修羅場です。のんびりと穏やかな夢を見る場所ではない。丁寧に料理された毒を、どきどきしながら食べる。詩人の方も、そんな読者の様子をどきどきしながら見ている。詩人が「恥」を抱えているとはそういうことです。言葉を言っていいのかやめるべきか迷った末にいよいよ言った、そんな言葉こそが詩になるのです。

だから、そもそも恥ずかしがることを知らない人がそういう言葉を読んでも、「何をまわりくどいことをしているの」と思うだけかもしれません。でも、毒の威力を知っている人は、なるほど、と思う。よくぞ、きちんと調理してくれた、と感謝する。そういう人は、ほんとうに恐いのが毒にあたって中毒死することではなく、そもそも毒の味がわからなくなることだということを知っているのです。

もしそんなことになったら、もう言葉の力などなくなったも同然なのですから。

『詩とことば』（岩波現代文庫、文芸二〇一二）岩波書店、二〇一二年
荒川洋治（あらかわ　ようじ、一九四九年〜）現代詩作家。詩集に『水駅』『渡世』『心理』など。

「牛とまじない」『山之口貘詩集』（現代詩文庫、一〇二九）思潮社、一九八八年
山之口貘（やまのくち　ばく、一九〇三〜六三年）詩人。詩集に『思弁の苑』『定本山之口貘詩集』『鮪に鰯』など。

「この家は」『永遠まで』思潮社　二〇〇九年
高橋睦郎（たかはし　むつお、一九三七年〜）詩人。詩集に『王国の構造』『旅の絵』『姉の島』など。

II

書かれた詩はどのようにふるまうか——読解篇

第6章 品詞が動く
――萩原朔太郎「地面の底の病気の顔」

詩の言葉をいじる

本書の前半では、詩的思考が私たちの日常生活にしっかり根ざしていることを確認してきました。名づける、聞こえてくる、ならべる、黙る、恥じる、といったことが生活のさまざまな局面で機能している。これらはいずれも私たちの詩的思考を駆動させるアクションであり、ひいては狭義の〝詩〟とつながるものでもあります。こうした視点から個別の詩や小説を読み直してみると、今まで気づかなかったものが見えてくる。

後半では、そのあたりをさらに掘り下げてみようと思います。個別の詩作品をじっくりと読むことを通して、詩を読むための目の付け所、そのコツについて考えてみたい。せっかく詩的思考になじみ始めても、いざ作品を手に取るとどうしても肩に力が入ってしまうものです。頭が硬直してしまう。

そうなると、たとえ言葉の意味がわかっても、うまく詩を体験することができなくなります。ですので、これからの章では何より詩の言葉をいじってみたい。ほぐしたり、解凍したり、並べ直したりすることで、詩というものがどのようにできあがっていて、だから、私たちはそれをどのように受けとめることができるのかを意識化してみる。詩作品になじむための、一種の練習だとお考えいただければいいかと思っています。

みなさんは、詩はどのように読んだらいいとお思いでしょう。すぐ返ってくるのは、おそらく「丁寧に読む」「じっくり読む」といった答えではないでしょうか。私は『小説的思考のスメ』の中で、小説は丁寧に一字一句読まねばならないと力説し、そのやり方も説明しました。小説がそうなら、詩もきっとそうなはず。しかし、ここで気をつけてほしいことがあります。小説を読むのが好きという人の中でも、詩は苦手という人がけっこう多い。小説の読み方を知っている人でも、詩となるとうまくいかないらしい。これは詩と小説では読むためのモードが違うことから来ています。モードを切り替えないといけない。それにはちょっとした心の準備が必要になります——しかもすごく具体的な。具体的な〝読みの作法〟には触れられないまま、とにかく「気持ちを読み取りなさい！」などとむやみに号令をかけられた経験をお持ちの人もいるかもしれませんが、「詩嫌い」が増えてしまうのはまさにそのためです。

内容を読まないために

そういうわけで、これから詩を読むときに心がけたいポイントをいくつか示してみるつもりですが、もちろん詩にもいろんな読み方はありますし、すでに詩を読み慣れていて、自分なりの〝読みの流儀〟を持っている人もいるでしょう。そういう人は読み飛ばしてもらってもいいのですが、とくにこの章は大事な一歩になるので、せめて半分くらいまででも読んでいただければと思っています。

問題にしたいのは、詩のどこを読むのか、ということです。私たちの心にはあるスイッチがある。このスイッチをオフにしてもらいたい。このスイッチは、ふつう言葉を読むときには一番大事になる部分――内容の読み取りにかかわっています。これをオフにしたい。そうすることで、内容を読まずに詩を読んでみて欲しいのです。内容を読まずに読むための方法を体得すれば、詩のみならず、ひいては小説や批評を読むときにも、これまでよりも深みのある読書体験をすることができるようになります。

その練習にちょうどいいものがあります。萩原朔太郎の「地面の底の病気の顔」という作品です。

地面の底に顔があらわれ、
さみしい病人の顔があらわれ。

地面の底のくらやみに、
うらうら草の茎が萌えそめ、
鼠の巣が萌えそめ、
巣にこんがらかっている、

かずしれぬ髪の毛がふるえ出し、
冬至のころの、
さびしい病気の地面から、
ほそい青竹の根が生えそめ、
生えそめ、
それがじつにあわれふかくみえ、
けぶれるごとくに視え、
じつに、じつに、あわれふかげに視え。

地面の底のくらやみに、
さみしい病人の顔があらわれ。

さて。これはいったいどんな詩なのか。みなさんが、この詩をまだ読んだことのない人に向けて説明するとしたらどうするでしょう。タイトルは「地面の底の病気の顔」。詩の中には「地面」、「底」、「病気」、「顔」といったキーワードが散りばめられています。中でも意味ありげなのは、「病気」という語でしょうか。そうすると、注目しどころはこれか。でも、どうして地面の底なんだろう？　どうして病気なんだろう？　そもそもどういう病気なんだろう？　この病人はいったい誰なんだろう？
……こんなふうに次々と疑問が浮かんできます。

しかし、まさにここでスイッチを切ってみてほしいのです。短時間でいいので。今「意味ありげ」と言ったとおり、意味がありそうなのはたしかです。でも、それをありそうの段階でとどめておいてほしい。「意味」にはたどり着かないでみてください。

内容とは言葉の意味のことです。もちろん詩にも意味はある。でも、詩で意味と同じくらい大事なのは、言葉の形であり風情です。普段私たちはあまりに意味中心の読書をしているので、言葉の形や風情を読むためには意識的に意味の部分をスイッチオフしないと、なかなかうまくいきません。もちろんこのスイッチは切りっぱなしではなく、あとでまたオンにしてもらいますので心配しなくて大丈夫です。

では意味に辿りつかない決心をしてみると、詩のどんな部分が見えてくるでしょう。地面はあくまで地面。それをたとえば「内面」と読み替えたり「真実」とか「心の闇」と読み替える必要はない。あくまで地面は地面。私たちがふだん知っている、いつも踏んでいる、あの地面です。病気も、たとえばそれが精神病なのか、肉体の病気なのかといったことは考えなくていい。とにかく病気である。病人がいる。病気と言われただけで、私たちはふだんから何かを連想するでしょう。否定的。暗そう。不幸。加えて語り手は「さみしい病人」なんていう言い方までしている。惨憺たる状況です。

こんなふうにしていくと、私がみなさんに何をして欲しいかがわかってくるのではないでしょうか。内容を読まずに読むとは、何より詩を〝名詞〟を頼りに読まないということです。詩の意味を担うのは名詞です。そこから概念が生まれ、思想が立ち、議論へとつながる。議論というものは「〜は…である」とか、「〜は…するものだ」といった断定を背後に隠し持っています。どんな詩でも、何らかの議論が柱になっている。そうすることによって、詩には容器のようなものができる。

　でも、この〝議論〟なるものがちょっとくせ者なのです。私たちはふだんから議論を見つけると、「ああ、そういう意味なのね」と安心してしまう傾向がある。詩を読んでいても、概念をたよりに作品の思想に辿り着くと、「ああ、意味がわかった」とほっとする。ほっとし、弛緩する。その時点で私たちの読書は〝あがり〟になってしまうのです。

　しかし、実はそうではない。意味がわかるなどというのは、とくに詩を読む場合にはたいしたことではないのです。あくまで通過点にすぎない。なのに多くの人はその通過点を〝あがり〟と勘違いしてしまう。そして、「で？　だから何？」と思う。詩がわからないという人の多くは、詩を議論として読み、その物足りなさや呆気なさに呆然としている人たちです。「そんなこと言われてもなあ」と思ってしまう。「地面の底に病人がいる？　それで？　だから？」と不審に思う。

動詞の妙なふるまい

　名詞の部分はとりあえず棚上げにしてみてください。その結果浮かび上がるのは他の品詞です。とくにこの詩で目につくのは動詞です。こうしてみると、けっこういろんな動詞があります。「あらわれ」、「萌えそめ」、「ふるえ出し」、「生えそめ」、「（あわれふかく）みえ」、「けぶれる（ごとく）に視え」――ざっとこんな感じです。

　これらの動詞はいうまでもなく、先行する主語を受けています。つまり、名詞とつながっている。意味に従属しているわけです。たとえば「地面の底に顔があらわれ、／さみしい病人の顔があらわれ」の「あらわれ」は、「出現した」とか「出てきた」という意味です。そこを読んで私たちは「あ、顔があるわけね」と思う。でも、今、みなさんにして欲しいのは、この「あらわれ」を主語に従属させない、ということです。「要するに『ある』ってことね」とは思わないで欲しい。そのかわり、「あらわれ」という動詞の、この動詞ならではの匂いとか感触とか風情といったものをとらえて欲しい。なぜ、「あり」と言ったり、「出現し」と言ったりせずに「あらわれ」なのか。いや、「露出し」とか、「浮かび上がり」とか、「剝き出しになり」でもいいかもしれない。もっと言えば「微笑み」とか「輝き」だっていいかもしれない。でも、そういう数ある選択肢の中からわざわざ「あらわれ」という語が選ばれている。それはどうしてなのか。

この問いに対する答えは詩を読み進めていくとわかってきます。というのも、これに続く動詞を見ると、何となく「あらわれ」のどの部分を際立たせたくてこの語を選択したのかがわかるからです。「萌えそめ」→「ふるえ出し」→「生えそめ」……。どうでしょう。何か気づくことはないでしょうか。これらの動詞で共通しているのは、〝はじめて〟という動作が強調されていることです。何かがはじめて行われる。はじめて、ぬっと生まれ出ている。現れ出ている。「あらわれ」は「現れる」でもあり、「露わになる」でもある。単に新しく生まれ出るだけでなく、今までよく見えなかったものがよく見えるようになるという含みがある。つまり、「あらわれ」という動詞には、何かが新しく生まれる感覚と、古くからあるものが剝き出しになる感覚との両方がこめられているわけです。一見矛盾しているようでもあるのですが、そこには「洗われ」のニュアンスもあることを考えるとわかりやすくなります。古いものを新しいものとして生まれ変わらせるのは浄化の作用です。だからこそ、

「洗われ」との連想も出てくる。

他にも大事な点があります。「萌えそめ」や「生えそめ」にあるのは植物のイメージです。この詩はしばしば同じく朔太郎の書いた「竹」という作品との類縁が指摘されるのですが、たしかに竹のように植物がぬっと生えだしてくる気配がある。成長し、動いているような感じです。生命感。それは伝統的な日本の自然観によれば、すがすがしい春を思わせる肯定的なものだと言える。ところが何しろ主語は「病気の顔」です。そんなものが成長し動いているというのは、すがすがしいというよりは不気味かもしれません。たしかに病にも、ウィルスやバクテリアや癌などを典型に、成長し増殖するという側面があります。病気には植物のような一面があるのです。

病気を植物のようにすがすがしいものととらえているのか、あるいは本来肯定的なものであるはずの植物のイメージにひそむ、増殖して人間をおびやかすという部分に注目しているのか。おそらくその両方なのでしょう。すがすがしい中にも恐ろしいものが潜んでいるという、ふだん私たちがあまり経験しないとても珍しい感覚が表現されているわけです。

そのあたりをふまえてさらに注目したい動詞があります。「あわれふかくみえ」とか「けぶれるごとくに視え」のような表現です。今までは動詞にあらわれた動作の部分ばかりに注目してきましたが、こうした語で表現されているのは〝視点〟という感覚です。対象を描写するときに、見ている人の知覚を通して表現することがあります。「リンゴがある」というのではなく、「リンゴがあるのが見、え、る」と言う。こうすると、リンゴという対象が相対化され、対象vs視点人物というコントラストが生まれます。

この詩では「対象」にあたるのは「地面の底の病気の顔」です。詩の話題の中心は、顔との遭遇だったと言ってもいい。世界全体がこの「顔」だけで構成されているかのように語られるのもそのためです。ところが「あわれふかくみえ」「けぶれるごとくに視え」といった表現が出てくると、世界＝顔という構図に変化が出てきます。もう一つの要因、すなわちこの〈世界＝顔〉を見ている「私」が出てくるのです。

こうなると、今まではただ「地面の底の病気の顔」の衝撃性だけが目立っていたのが、その衝撃を受けとめる主体が現れることになります。詩の冒頭では、とにかく古いものが新しいものとして現れ出るような生と死のブレンドの感覚とか、植物の生命力の二面性などが、こちらの日常感覚を狂わせる不気味なイメージとして突きつけられていたのですが、このように視点となる〝人〟が現れることで、イメージそのものが人間的な文脈の中に置き直されます。こうして詩に大きな変化がもたらされるのです。

それがじつにあわれふかくみえ、
けぶれるごとくに視え、
じつに、じつに、あわれふかげに視え。

この箇所で詩は決定的に人間化されるのです。別の言い方をすると、ここに及んでこの「地面の底の病気の顔」という作品ははじめて〝詩〟となる。ここでいう〝詩〟は「抒情詩」とほぼ同義です。今の引用からわかるように、イメージを人間的な文脈に置き直すのに大きな役割を果たしたのは感情なのです。その感情を導きこむのに、「〜が見える」という動詞表現が活用されている。「見える」という知覚作用は単なる動作の表現に終わらずに、主体と客体との関係や、主体の内側に発生する心の動きを表現することにつながっているからです。

動詞に注目して読んでみると、イメージから情感へというこの詩のプロットがよりはっきり見えてくるのがおわかりでしょう。もちろん、実際の読書体験の中ではこのような理屈っぽい手続きをいちいち行っているわけではなく、むしろ言葉化すらされないレベルで、一連の動きの連鎖を体験するのですが、一度このように言葉で説明してみると、自分自身の体験について「ああ、そうか」と腑に落ちるのではないかと思います。

形容詞の意味がわからない

ところでこの詩には動詞以外にも目に付く品詞があります。形容詞です。冒頭部分では「さみしい病人」の「さみしい」がとても強烈です。他の作品でもよくあるのですが、朔太郎はこのようにどういうことのない形容詞に、はっと目を引くような力を与えるのがとてもうまい詩人です。ここも、すごく印象に残る。

それにはいくつか理由があるのですが、中でももっとも大事なのが——意外に聞こえるかもしれませんが——「さみしい」という語の意味がよくわからないということです。言葉の位置がはっきりと定まっていない。冒頭部を読んでみると、「さみしい」という語がどうも浮いているのです。

地面の底に顔があらわれ、
さみしい病人の顔があらわれ。

「地面」、「底」、「顔」とくる。どれも漢字の言葉です。先ほども言ったように、どれも意味ありげ。何か深い解釈とつながるのかなあ、と思わせる。これだけではないのだろうなあ、これから意味が説き明かされ、物語がはじまるのだろうなあ、と予感させる。ところが「さみしい」というのは、そのような神秘的な意味の深まりとは対照的に、すごく日常的で等身大のわかりやすい言葉です。いってみれば〝女子供〟の言葉です。いかにも男性的な、難しげで象徴的な世界が展開するのかと思ったら、妙にやわらかい言葉が出てきて「あれ？」という感じがする。

だから「さみしい病人」という部分も意味がよくわからない。病人がたまたま孤独でさびしいのか、病気だから寂しい思いをしているのか、それとも地面に現れ出た病気の顔がさみしいのか——どれを指しているのかはっきりしない。これは「さみしい」と「病人」の結びつきが不安定だということです。二つの語の間に微妙に隙間というか、違和感がある。だから意味が曖昧になる。意味をはっきりさせたいのであれば、誤解がないように語を補ったり、結びつきの唐突さを抑えたりする方法がいくらでもあるのですが、朔太郎はここではわざと二つの語の間に隙間を残している。わざわざ「さみしい」が浮いた感じになるようにし向けているのです。

いったいなぜ、そんなことをするのでしょう。これも後につづく形容詞やそれに類する言葉をならべてみるとはっきりしてきます。傍線を引いた語に注目してください。

地面の底のくらやみに、
うらうら草の茎が萌えそめ、
鼠の巣が萌えそめ、
巣にこんがらかっている、
かずしれぬ髪の毛がふるえ出し、
冬至のころの、
さびしい病気の地面から、
ほそい青竹の根が生えそめ、
生えそめ、
それがじつにあわれふかくみえ、
けぶれるごとくに視え、
じつに、じつに、あわれふかげに視え。

地面の底のくらやみに、
さみしい病人の顔があらわれ。

これらの語は必ずしもすべてが形容詞ではありません。たとえば「くらやみ」は品詞で言えば名詞です。でも、朔太郎はそれをあえてひらがなにすることで「くらやみ」という名詞の一部をなす「くらい」という形容詞の部分を引き立てているように思えます。「うらうら草」もそうです。「うらうら」という部分の形容詞性が目立つようにしてある。

これらの形容詞や形容詞的な言葉を見ていて気がつくのは、「さみしい」と同じようにこれらの語が他の言葉から浮いて見えるということです。どうしてこういう語を選択しているのか、論理的に説明するのが難しい。なぜ「さびしい病気の地面」なのか、どこか唐突です。なぜ「うらうら草」なのか。「巣にこんがらかっている、かずしれぬ髪の毛」というあたりも、「こんがらかって」や「かずしれぬ」と「髪の毛」という接続がそれほど齟齬がないわりにやはり違和感が感じられる。このあたりは描写の流れの中で、形容詞が急に過剰になっています。それも、何かを詳細に描きたいとか、入り組んだことを説明したいといった必要があるからではなく、何だかはっきりしない理由のために形容詞が過剰になっているように思える。形容詞のいわば暴走と見えるのです。

しかし、見方を変えればこれは、形容詞が名詞に従属していないということを示します。本来形容詞は名詞を修飾し、名詞の傾向をはっきりさせるのが本務です。ところが、ここでは名詞による観念構築に素直に従わない。むしろ唐突であったり過剰であったりすることで、形容詞と名詞とのお約束のような紋切り型の連結がずらされ両者の関係が不安定なものになっている。

この不安定さの行方は次第にはっきりしてきます。さきほど動詞に関して確認したことを思い出してみてください。詩の後半、「あわれふかくみえ」というところまでくると、地面の底の顔を見ている視点人物の存在が明瞭になります。そのことで、この詩の風景は「人間化」される。おかげで、この言葉の連なりは単なるイメージの提示ではなく、詩として——〝抒情詩〟として——形をなしていく、そんなことです。

どうやら今見た不安定な形容詞は、この「人間化」のプロセスと関係しているように思えるのです。視点人物vs対象という構図がはっきりするのは十二行目の「それがじつにあわれふかくみえ」というところなのですが、それに先立ち形容詞と名詞の連結にはすでに微妙な違和感がある。何となく形容詞が突出している。一つ一つの形容詞が、分をわきまえないというのでしょうか、あふれ出しているような感じがする。そして、そのおかげで少しずつ露わになってくるものがある。それは冷静に目の前にあるものを記述しようとする目からは微妙に逸れていくもの、つまり別種の〝目〟ではないかと思うのです。「地面」とか「底」とか「顔」といった名詞によって概念的にきっちり対象を整理するのではなく、妙にやわらかい感覚的な形容で対象をとらえようとする今ひとつの〝目〟。「ほそい青竹」というような一節も、どうということがないように見えるかもしれませんが、「ほそい」には感情的に身を乗り出す語り手の気配が感じられます。「うらうら草」にしても「くらやみ」にしてもそうです。そういう感情的な身の乗り出しがついに十二行目の「それがじつにあわれふかくみえ」という箇所に至って明確に詩の中に位置を与えられる。詩の冒頭でことさらに提示されていた象徴性や神秘性は、観念として高々と屹立するのではなく、甘くやわらかい官能性の中に散開してしまうのです。それがこの詩のプロットだと言える。

歌のふりをする

ところでこの詩には、おそらく誰もが気がつく大きな言葉の特徴があります。行末に動詞の連用形があり、それがどんどん連鎖していくのです。読点もとても印象的です。「〜し、〜し、」と宙吊りのまま続いていく。他の作品でも朔太郎が試みている方法です。そして、よく見てみると、そこに一つのルールがある。一度出てきた動詞が必ず一度は繰り返されるのです。

地面の底に顔があらわれ、
さみしい病人の顔があらわれ。

うらうら草の茎が萌えそめ、
鼠の巣が萌えそめ、

ほそい青竹の根が生えそめ、
生えそめ、

このような反復を読むとみなさんはどんな印象を持つでしょう。きっと「いかにも詩だなあ」という感想を持つのではないでしょうか。でも、そこであらためて考えて欲しいのは、この「いかにも」とはどういうことかということです。どうしてみなさんは反復に出くわすと「いかにも詩だなあ」と思うのでしょう。

たしかに反復は散文ではあまり用いられません。詩でこそ用いられる。でもすべての詩で反復が用いられるわけではない。ある種の詩でのみ用いられる。では、反復を用いる詩にはどんな特徴があるのか。

何より大事なのは歌謡性です。反復する詩は歌のように聞こえる。紙の上に書きつけられているというよりも、その場で声に出して朗々と語っているかのように思える。でも、朔太郎のこの詩は――もちろん本人が朗読する機会もあったかもしれませんし、本人でなくとも学校の教室などでいろんな人によって声に出して読まれてきたかもしれませんが――あくまで紙に書かれ、活字として印刷されることで世に出たものです。ということは、この詩は声に出されていないのに声に出されているふりをしているのだと言えます。実際に声に出されているかどうかとは関係なく、まるで声に出されているかのように提示されている。演出されている。

どうしてそんなことをするのか。歌ではないくせに歌に憧れるかのように振る舞っているわけです。第5章で引用した、曲がつくと恥ずかしさが抑えられる、という荒川洋治のコメントも思い出されます。朔太郎はいかにも自意識の強そうな詩人なので、歌にすることで一種の鎧を纏おうとしたという解釈もありうるかもしれない。

ただ、はっきりしているのは、歌の要素は感情と直結するということです。先ほど動詞や形容詞に注目することで感情的な部分がどのように際立っているかを確認しましたが、歌はそうした傾向とも関係しています。言葉というのは理性や論理を表現することもできるけれど、他方では感情や気持ちをも表現する。でも、感情や気持ちというのは、何となく言葉におさまりきらないというふうに私たちは考えてもいる。感情は言葉にしないとなかなか伝わらないものだけど、実際には言葉の枠からあふれ出るときにこそもっとも効果的に表現される。そういうあふれる感じを表現するには、きれいに淡々と語られる言葉よりも、言葉ならざるものへと逸脱しつつある言葉の方がうまくいく。

そういう意味でこの詩の反復が「いかにも詩だなあ」という印象を与えるのは、一つにはそれが歌の形を借りて感情の横溢を表現しているからだと言うことができます。ただ、それだけではすべてを言ったことにはなりません。感情にもいろいろな種類のものがあるからです。静かなもの。激しいもの。怒っているもの。悲しんでいるもの。とがっているもの。形のないもの。では、この詩では動詞の反復を通してどのような感情が表現されているのでしょう。

言葉にとりつかれる

日常生活の中でみなさんが同じことを何度も言うのは、いったいどんな状況か。何かを強調したいとき。忘れたくないとき。どうしてもやりたいとき、やらせたいとき。たしかにこの詩にも強調の要素はある。「どうしても」という感じはある。どうしても言いたい、聞かせたい、書きたい。すごく執着している感じがする。でも、必要だから功利的に執着しているというより、とりつかれたかのようにどうしようもなくて執着しているようにも見える。この詩は何かを行うことを明確に目的として立てているわけではないからです。この詩の中心にあるのは〝事態の発生〟です。何かとたまたま出くわしてしまった。だからそれを書く、それについて語る。あくまで受け身なのです。語り手は遭遇し、見、感ずる。そんな受け身の語り手による言葉の反復に表現されているのは、逃げようもなく巻き込まれているという感覚でしょう。どうしようもない。できれば終わりにしたいのに終われない。

この逃げようのなさは、読点でつながっていく行の連鎖にも反映されています。どんどん勝手につながる感じがある。もちろんそこからは、この詩の〝観念〟にあたる部分、つまりみなさんがすでに親しんでいる言葉でいえば〝テーマ〟にあたる部分も透けて見えてきます。ここまで来たら例のスイッチをふたたびオンにしてもらって、内容について考えてもらうといいでしょう。この詩はいったい何を語っているのか？　と考えてみる。それは「成長」ではないでしょうか。言葉はまるで成長する何かのように連なっていく。ちょうど暗い地面の底から生えだしてくるものが、どんどん連鎖し継続し成長するのと同じように、言葉も終わることなく次々に連鎖するのです。このような事態の推移は暗く陰気なことでもあるけれど、同時に祝福すべき新鮮でめざましいことでもある。そのブレンド具合に妙があることについてはすでに考察しました。このブレンドは不気味でもあるし、おもしろくもあるし、感動的でもある。そのあたりにおののき、緊張し、またワクワクするのが、この詩を体験するということでしょう。

いかがでしょう。この章では、詩を読むための心構えとして内容を読まないというちょっと難しい課題を立ててみました。具体的には名詞的な部分を抑制し、主に動詞や形容詞に注目することで作品を読んでみた。朔太郎の作品はとりわけそのようなアプローチがうまくいくものです。「地面の底の病気の顔」は、名詞的で概念的なものが冒頭に示されながらも、動詞や形容詞の突出のために議論が議論として屹立していかないのです。むしろ形容詞や動詞の反乱が明瞭な思想の構築を阻む。漢字によって書かれた観念の言葉の枠から、ひらがなで書かれた感情や感覚の言葉があふれだし、観念が感情に飲み込まれていく。それがこの詩の抒情であり、風情なのです。最後に注目した反復はまさにそのような横溢をシンタクスのレベルで表現しているのだと言えるでしょう。

では、この詩には「意味」はないのでしょうか。そんなことはありません。たしかに観念の構築は未完に終わり、議論は「～は…である」という形では完結しないけれど、先にふれた「成長」という概念を軸にするとよりはっきりしたプロットが見えてきます。地面の底から顔があらわれる。その顔は通常顔があらわす意志や知性を示すのではなく――つまり理性や論理へと発展するのではなく――思いがけずすくすくと育って、やわらかい官能的な運動の中に飲み込まれていく。それは悲しげでもあるけれど、美しくまた感動的でもある。暗い不幸な香りも強烈だけど、まぶしいような至福の感じもある。抒情化のプロセスのことを思いおこすと、最後に「……そんな不思議な境地を私は体験しているのです」と付け加えることで、この詩を強引にパラフレーズすることも可能かもしれません。そこから、地面の底の「顔」は語り手、もしくは詩人自身を指すといった読みも当然出てくるでしょう。自分自身を不気味がり、哀れに思い、しかもその成長に瞠目しつつ、ついとりつかれたように語ってしまう。何という奇妙な、でもおもしろい展開でしょう。でも、そんな読みが可能になるのも、いったん「顔＝私」という意味をカッコに入れ、安易な伝記的解釈を我慢するからです。

品詞に注目するというのは、詩の読解ではなかなか有効です。もちろん詩によってはそれほど品詞ごとの役割分担がはっきりしていないものもありますが、多くの場合、名詞中心、動詞中心、形容詞中心と傾向がわかれてくるものです。今回の「地面の底の病気の顔」の場合、名詞中心のようでいて、動詞が次第に主導権を奪っていく、そこに形容詞的なものが効果的にからんでくるという構図になっていました。詩の中には最後まで名詞中心になっていていかにも観念構築的なものもあるでしょうし、この詩のように反復される動詞を中心として言葉の動きやイメージの運動性を際だたせるものもあるでしょう。形容詞によって描写の力を見せつけるという詩もたくさんあります。いずれにしても大事なのは、私たち読者がそうした言葉の役割分担に敏感になることで、単に内容を読み取って〝あがり〟にしてしまわないことなのです。

「地面の底の病気の顔」『萩原朔太郎詩集』三好達治選（岩波文庫、緑六二－一）岩波書店、一九八一年

萩原朔太郎（はぎわら　さくたろう、一八八六～一九四二年）詩人。詩集に『月に吠える』『青猫』『純情小曲集』など。

第7章 身だしなみが変わる
──伊藤比呂美「きっと便器なんだろう」

言葉の服装

詩を読むためには言葉の風情を感じ取ることが何より大切です。そのための第一ステップとして前章では単語レベルに焦点をあて、品詞の働き方に注目してみました。しかし、言葉の風情を感じるための方法はひとつだけではありません。前回はどちらかというと細かく微視的に言葉をほぐしてみましたが、今回は少し視点をかえ、「よそ行き」か「普段着」かというところに注目してみたいと思います。

日常生活でも私たちはよそ行きの顔と普段の顔を持っています。よそ行きのときはちょっと緊張感が漂っている。きりっと口元をしめ、目つきも鋭く、女性であればお化粧をしたり、男性でも寝癖くらいは直すでしょう。何より明瞭なのは服装です。近所のコンビニに買い物に行くときにはスウェットの上下で平気な人も、学校や仕事に行くとなると制服やスーツ姿になる。

言葉にも「よそ行き」と「普段着」という区別はあります。私たちのしゃべる言葉も家族や友人に語りかけるときと、知らない人や不特定多数の人に語りかけるときではかなりちがった形になるはずです。端的なのは敬語。改まった場所ではですます調になる。また、ふだんは「僕」と言う人が急に「私」となったり、省略語を使ったり使わなかったりといろいろな違いが出てきます。

文学作品の言葉はどうでしょう。作品というからには不特定多数の人に読んでもらうことを前提としているわけですから、当然「よそ行き」になりそうなもの。しかし、おもしろいのは文学作品の場合、むしろ「普段着」になることの方が多いということです。近代文学の作家たちは、作品の中でしばしば語り手や登場人物の内面や隠された部分を掘り起こすという作業を行っています。過去を告白するという設定も非常に多い。そのように内面と向き合う作家の姿勢に興味を持ったり共感したりすることで、読者は作品世界に足を踏み入れてきた。そのため、文学作品を読むための参考書も、いかに〝内側〟の声を上手に聞き取るかを重視します。もっと言うと、批評も作品の〝内部〟を語ろうとしてきた。そもそも内側の見えにくい部分に照明を当てようとしている作品の、そのさらに内側を批評が探ろうとするわけです。作家の深層心理や作品の〝真相〟を語ろうとする試みは、近代批評の常道となってきました。

このような傾向は詩でもはっきり見られます。そもそも抒情詩はその名の通り、感情を表現するものです。感情を語る以上、それにふさわしいような、内側と直につながるような繊細な言葉が使われることも多くなります。しかし、単に怒りとか喜びといった感情をドバッと噴出させればいいわけではなく、どことなく独り言風であったり、あるいはごく近い人にささやくようにして語りかける口調もうまく使われてきました。第6章で扱った朔太郎の「地面の底の病気の顔」にも表れていたように、他の言葉では置き換えられないような微妙な心の動きを、さまざまな工夫を凝らしながら言葉にしていくのが抒情詩なのです。

しかし、あまりに内面の表現ということにこだわると、詩の持っている別の側面がおろそかになりがちです。おそらくこれは読む側だけでなく、書く側も気をつける必要のあることだと思うのですが、詩の言葉というものはたとえ内面的なことを書くときであっても、社会や共同体の持つエネルギーを上手に生かすことができます。「内向き」もいいのですが、「外向き」の言葉もなかなか使い出がある。この章ではそのあたりのことも頭に入れながら、作品を読んでみたいと思います。

どうしてセックス?

以下にあげるのは伊藤比呂美の「きっと便器なんだろう」という作品です。とても良い詩なのですが、内容的に国語の教科書には載せにくいのではじめて読むという人も多いかと思います。まずは前半から見てみましょう。

ひさしぶりにひっつかまえた
じっとしていよ
じいっと

あたしせいいっぱいのちからこめて
しめつけててやる

抱きしめているとしめ返してきた
節のある
おとこのゆびでちぶさを掴まれると
きもちが滲んで
くびを緊めてやりたくなる

あたしのやわらかなきんにくだ
やわらかなちからの籠め方だ
男の股に股が
あたる
固さに触れた
温度をもつぐりぐりを故意に
擦りつけてきた
その意志に気づく
わたしの股をぐりぐりに擦りつける

したに触れてくびすじを湿らせてやるとしたは
わたしのみみの中を舐めるのだ
あ声が洩れてしまう
髪の毛の中にゆびを差し入れけのふさを引く
あ声が洩れる
ぐりぐりの男は
ちぶさを握りつぶして芯を確かめている
い、
と出た声が
いたいともきこえ
いいともきこえる
わたしはいつもいたい、なのだ
あなたはいつもいたくする

さっきはなんといった
あいしてなくたってできる、といったよね
このじょうのふかいこういを
できる、ってあなたは

さて、タイトルの意味はここまで読んだだけではまだよくわかりませんが、何が書いてある詩かはだいたいおわかりかと思います。恋愛についての詩で、描写されているのは愛撫から本格的な性行為へと至る場面のようです。

文学作品の中のセックスの描写は、わりに最近まで御法度でした。今となっては想像しにくいことですが、日本でも一九五七年にD・H・ロレンスの『チャタレイ夫人の恋人』の性描写をめぐり、違法かどうかを争う裁判があったほどです。しかし、その後、少なくとも言語表現については規制がすっかりゆるくなり、猥褻だとして作品が発禁になるなどということはほぼなくなっています。『チャタレイ夫人の恋人』も一九六四年に出版されたときは「有罪」の判決を受けて問題箇所に伏せ字が使われましたが、現在ではすべて原文通り訳出されています。今では性をめぐる表現は巷に氾濫しており、性を描いただけで作家が個性を出すのは難しくなりました。

この「きっと便器なんだろう」という詩も、セックスのことを書いただけで個性的に見せようとした詩ではありません。少なくとも伊藤比呂美がデビューした一九八〇年代には、すでに活字の世界に性があふれていました。ただ、伊藤比呂美の性行為の描き方にはかなり独特なものがあります。ふつうの性描写とは何かがちがう。そのあたりを確認していくと、この詩人の目的が性を描くことそのものにあるというよりは、性を扱うことを通して得られる言葉の風情を表現することにあるとわかってきます。

そもそもなぜ性行為なのでしょう。セックスというのはふつうはふたりで行うものです。場合によっては三人であったり、四人であったりということもあるかもしれませんが、ほとんどは二人。また、多くの場合、人前でしたりするものではありません。密室で、人目につかないよう夜などに、知人や両親や子供などに気づかれぬよう、いつの間にか行われるもの。そしてこの密室の行為は、ふつうは他人には語られないものです。何しろ密室でいつの間にかすることですから、そういう秘密の営みをわざわざ他人に吹聴して回ろうとするのは相当変わった人です。

つまり性行為というのは人間の行動の中でもかなりプライベートで秘密的な行いなのです。しかし、原理的にはそれは一人ではなく二人で行うものですから、秘密的でありながらも共同性、もしくは共犯性がある。二人という最低限の「社会」で営まれる秘密でもある。冒頭の連で表現されているのはまさにそのようなことです。

ひさしぶりにひっつかまえた
じっとしていよ
じいっと
あたしせいいっぱいのちからこめて
しめつけててやる

この連を読んでどのようなことに気づくでしょう。まず第一に目立つのはひらがなが多いということです。「ひさしぶり」とか「つかまえた」とか「ちからこめて」、「しめつけててやる」など、どれも漢字をあてられる表現。むしろ漢字にするのがふつうでしょう。事実、この詩でも後の連になると、同じ表現なのに漢字が当てられるようになります。

一般にひらがなを使うと幼さとか女性性が表現されやすくなります。観念的というよりは感覚的。しかめつらではなく、柔和で、やさしくて、わかりやすい。近づきやすい。つまりひらがなは、二人がもっている親密な間柄のその「近さ」の部分とよく調和するのです。身体接触を行えるくらいの至近距離にいる二人の、その接近感がよく出ている。

それと合わせて、親しい間柄の二人だからこそのルールのなさ、もしくはカジュアルさのようなものも出ています。ひらがなには〝解放〟の仕草があります。漢字の持っているよそ行きでフォーマルな構えとは正反対。むしろ構えのないような、「何でもあり」の感覚です。

「何でもあり」と「いきなり」

たしかにこの冒頭は言葉としてとても傍若無人というか、乱暴です。「ひさしぶりにひっつかまえた」といきなりくる。誰が誰をつかまえたのかよくわからないし、誰が誰に語りかけているのかもはっきりしない。そもそも語りかけているのかどうか。単につぶやいているだけの独り言かもしれない。声の位置やら方向やらが不明なのです。だから、読者によってはまるで自分がむんずと語り手につかまえられたような気分にすらなるでしょう。とても暴力的で、だからこそインパクトもある魅力的な出だしです。

その次の「じっとしていよ」も行く先不明の声です。そもそも「いよ」というのがあまり正式ではない口語的な言い方です。実際に口にされればイントネーションや状況から意味がわかるはずなのですが、書かれるとわかりにくい。もちろん、そこも効果のひとつです。まるで口にされたままの生の言葉が、書き言葉として〝調理〟される前にそこに現れてしまったかのよう。私が最初にこの詩を読んだときには、語り手が「じっとしていようっと」と宣言しているととってしまいました。でも、文脈からするとどうやら相手の男に「じっとしていてね」と命令しているようです。そういう意味の「いよ＝いろ」のようです。

こういうふうに見てくるとはっきりするのは、この冒頭部にまったくルールがないわけではなく、それどころかちゃんと意図や意思をもった言葉が発せられているのだけど、その意図や意思をルールに沿った形でこちらに理解させようという回路が欠けているということです。読者は背後にある了解をフォローしきれないまま、慌てて言葉の後を追いかけることになる。

このあたりがまさに性を語る言葉ならではの効果ではないかと私は思うのです。なにしろ二人だけの密室です。声は相手の男性にだけわかればいいから、一般的な言葉のルールをすっ飛ばして発せられる。私的な発声となっている。親密で、内密。至近距離から聞こえてくる言葉です。しゃべっている人の息の温度や振動までが伝わってきます。

そして考えてみると、この冒頭の連は内容的にもそういうことをテーマにしているわけです。二人がどれくらいまで接近できるかためそうとしている。だから「あたしせいいっぱいのちからこめて／しめつけててやる」というのです。単に気持ちよく行為を行うだけなら、そんなにぴったりくっつく必要はない。しかし、この語り手にとってはむしろ「気持ちよさ」は二の次なのです。とにかくできる限り近くにいたい——少なくとも彼女の側は。

完全無垢の接近

ところが第二連になるとちょっと雰囲気が変わってきます。急に漢字が増えるのです。これはどういうことなのでしょう。

抱きしめているとしめ返してきた
節のある
おとこのゆびでちぶさを摑まれると
きもちが滲んで
くびを緊めてやりたくなる

第一連のひらがなが近さを表していたとするなら、ここはその近さに変化があったことを示しているのかもしれません。距離が生まれた。少なくとも語り手が冒頭で感じたような近さがふっと霧散しつつある。

考えてみると、冒頭部の近さは語り手が勝手に思いこんでいた近さだったのかもしれません。ちょうど私たち読者が声の方向にとまどったことからもわかるように、この部分の言葉には聞き手とか文脈といったものが設定されていませんでした。男に向けられた言葉なのに、その言葉が届くべき肝心の相手が、言葉の行く先としてプログラムされていなかった。いくら完全無垢の接近を——つまり、愛を——望んでいるのだとしても、そもそも相手がいなければ接近もありません。でも冒頭部の語り手はまるで相手無しで、一人だけで自己完結して何かに接近できるかのような、非常に個人的な全能感にひたろうとしていたのです。もちろん、そんなのは無理です。また、それでは詩にもならない。あまりに個人的な閉じた言語は、誰にも理解されないからです。

ただ、そこでもう一つ気づくことがあります。急に漢字が出現しているけれど、まだひらがなもけっこう残っているということです。「おとこのゆびでちぶさを摑まれる」なんていうところ、「男の指で乳房を摑まれる」でもよさそう。でもそうなっていないのはなぜか。

ここではひらがなと漢字とが拮抗しているのではないでしょうか。状況としてはどうやら、語り手の女性が相手を摑もうとして、でも逆に摑みかえされている。女と男とが主導権をめぐって争っているらしいのです。どっちがどっちを独り占めするか、その主役の座を取り合っている。

しかし、争っているようでいて、実は二人がしようとしていることには微妙な違いがあります。そしてそれがこの詩の山場ともつながってきます。山場というのは、前半でいうと以下の箇所になります。

さっきはなんといった
あいしてなくたってできる、といったよね
このじょうのふかいこういを

できる、ってあなたは

すっかりひらがなだらけに戻ってしまったことについてはまた後で考えるとして、ここで言われていることはたぶんどなたにもすぐわかる内容だと思います。下手をすると陳腐だと言えるくらいにわかりやすい。でも、陳腐でわかりやすいけれど、多くの人にとっては「ふん」と鼻で笑ってすませられることでもない。それなりに切実なことでもある。

すなわち、心はずれることがある、ということです。とりあえず話題になっているのは性行為です。性行為には心がこもらないことがある。こもることももちろんあるし、そういう場合の方が多いのかもしれないけど、やっぱり心のこもらない性行為というものはいくらでもありうる。そしてそれはすごくショッキングなことでもある。何より、一方にとって心がこもっていることが他方にとって全然心がこもっていない場合にはそうでしょう。この話題の根本にあるのは、心がずれる、ということです。それがずれないようにぴったりくっつかせたいと思っているこの語り手は、だから力ずくで相手に接近するのだけれど、その彼女の「力ずく」をかいくぐって別の「力ずく」がやってくる。「節のある／おとこのゆび」が伸びてくるのです。そして何をされるかというと「ちぶさを摑まれる」わけです。

「今」と「ここ」の言葉

二人が主導権を争いつつも目指していることが違うと言いましたが、まさにこのあたりにその「違い」が顕れ出ています。語り手はどんどん接近して「じょう」と「あい」を行いたい。ところが男の方は、接近するよりは乳房を掴もうとするのです。そして「温度をもつぐりぐりを故意に／擦りつけて」きたりする。男がしようとしているのは性行為そのものであり、また性行為によって達成できる「気持ちよさ」なのです。自分と相手とが性行為を通して気持ちよくなれば、それですべてが解決すると思っている。他方、語り手は性行為を行いつつも、その向こうにあるものをこそ経験したい。やっぱりずれているわけです。

何というありふれた情景でしょう。でもありふれているけれど、それを絶対的に自分だけの事柄としてこの詩人は語りたいのです。それは、彼女が力ずくで男を「しめつけて」獲得しようとしているその欲望ともすごくよく似ています。この詩人は、これだ、と言えるようなものを、これだ、という形に結晶させたいのです。気持ちよさよりも、言葉のきれいさよりも、これだ、が欲しい。所有欲とも似ているけれど、それだけでもない。興奮する力とか、感動する力とか、うっとりする力とかぜんぶ混じっている。力ずくで抑えつけるという行為そのものにも何かがある。「今」の「今」らしさ、「これ」の「これ」らしさに震えることができる能力なのでしょう。だから、「さっきはなんといった／あいしてなくたってできる、といったよね……」という部分は心のずれを言葉にしてしまった、実に切ない悲しい一節でもあるのだけれど、それを「これ」と非常に個人的で怨念のこもった出来事として語ることで、この語り手は浄化されてもいるように思えるのです。救われている。

おそらく詩人というのは、少なくとも詩を書いているときは、自己を救うための魔法のような能力を手にすることができるのです。悲しいことや呪わしいことやもちろん嬉しいことも含めて、何かを一回限りの閉じた事として語ることで、酔うのです。頭や心が酔ってしまうようなエネルギーを創り出す。これ自体を愛と呼ぶ人もいるかもしれませんが、いわゆる恋愛とは違って、誰かを愛するだけでなく自分をも愛する能力がそこには含まれています。もちろん読者はそれに感染して興奮したり感動したりする。そして場合によっては、自分も詩を書いてみようと思ったりする。

親密で、プライベートで、秘密的。また暴力的で、傍若無人でもある。そして「愛」に満ちている。そんな伊藤比呂美の言葉が何より目指そうとしているのはこの地点なのだと思います。誰もが経験しているかもしれない至極当たり前のことだけど、それを今、こうして行っている自分の体験を絶対的に掛け替えのない、他の誰のものでもない特殊な言葉として口にしたい。

このような「今」と「これ」という取り替えのきかない唯一性を表現するのは文学作品の大きな特権です。小説であればその「今」と「これ」を徹底的に書き尽くすことで、読者をすっぽりその世界にとりこんでしまうでしょう。でも、詩の場合はちょっと違う。ぜんぶを描くよりは、少なく言う。言葉の風情にたよる。

〝奥〟のつくり方

ところで先ほど、宿題になった問いがありました。言葉が再びひらがなだらけになってしまったのはなぜか？　という問いです。一つの簡単な答えは次のようなものです。読んでくるとわかるかもしれませんが、ここで描かれているのは性行為の最終局面です。いよいよ男が時機到来と考えて性器を挿入してきます。語り手にはそれが「いたい」。「いい」と「いたい」の境目だけど、やっぱり「いたい」。しかし、これは物理的に痛いだけではなさそうです。というのも、彼女はこの最終局面で、男の心が入っていないことがわかっているから。男が気持ちよさだけしか目指していないことがわかるから。それが「いたい」。あるいはほんとうは「いい」のに、そのために「いたい」になってしまうのかもしれません。

しかし、そんな状況でありながら、二人がこの上なく物理的に密着しているのも確かです。語り手にとってはそれは不本意な、男の主導権に従った密着なのだけど、二人の距離が縮まって、言葉が例のプライベートなささやきの形をとっているのは間違いない。

言葉をひらがなにしただけでは、決して本当に私的な言葉は実現しえないということがここでは皮肉とともに示されています。ちょうど彼女がいくら「力ずく」で男を締めつけてもほんとうに距離が縮まることはないように、言葉の上っ面だけでは「今」「ここ」の表現はできない。

そのようなこともあって、この箇所を境に詩の言葉はさらに別の局面に進んでいきます。

何年も前に、Ⅰという男と
やったことがある
今、体重と体温がわたしのしりを動き
畳の跡をむねに
きざみながらわたしはずっとⅠを
わすれていたⅠを忽然とⅠを

この連は先の「……このじょうのふかいこういを／できる、ってあなたは」で終わる連に続いているのですが、大きな転換があるのがおわかりになるでしょう。

言葉が内面化しているのです。それまではこの詩の語り手は相手に接近することで〝奥〟に到達しようとしていた。そのためのひらがなであり、私的言語だったのです。今度は語り手は自分自身に接近しようとする。でも、自分はすでに自分なのだから、それ以上、自分になることなどできないのではないか？　しかし、方法はあります。自分の心を掘るのです。そして今まで見えていなかった何かを露わにする。そのときに助けになるのが過去を思い出すという仕草です。忘れていたことや大事に思っていることを〝思い出す〟という形をとることで、まるで自分がより自分に接近していくかのような気分になる。

そこで助けになるのが言葉の〝心理化〟です。ものや事実を語るのではなく、まだ形になっていない心の中のぐにゃぐにゃしたものを語っているのですよ、と言葉の風情を通して示す。次の連ではまさにそのような手法がとられています。

Ｉの部屋Ｉによって
手早く蒲団が敷かれたこと
とうめいな
ふくろ、とか

こんなことやってきもちよくなるのかあたしはちっともよくならない
と言ったらＩが
抜いてしまったこと
きもちよくならなくても暖かく
あてはまっていたのに
駅まで抱きあって歩いた風が強く
とても寒く
かぜがつよくとてもさむく
とてもさむく
そのあといちど会った腕に
触らせてもらって歩いた
性交しないで別れた
それから
会うたびに泣いた、あこれはあなたに対するときだ
わたしをいんきだと言ったＩの
目つきが残るそのＩのことをずっと

今までもあったことですが、ひらがなと漢字が入り乱れているのがおわかりかと思います。「風」と

なったり「かぜ」となったりする。「別れた」とか「歩いた」は漢字なのに、「いんき」（陰気）と不自然なところでひらがなになる。

ここまでくるとかなりはっきりしてくるのは、ひらがな／漢字の混淆が語り手の「心」の前景化を示すということです。この詩は冒頭からずっとひらがな／漢字という対立軸を内に抱えたまま進んできました。たとえば先ほど言及したように、ひらがなになることで相手との接近が示されたりした。しかし、後半部までくると、そうした線引きが崩れてきます。「わたしをいんきだと言ったIの／目つきが残るそのIのことをずっと」という箇所にも表れているように、状況にかかわりなくどんどんひらがなと漢字が混じっている。もう「接近」どうこうではないようなのです。ルールが変わってしまった。どうも語っている人の心理状態に引きずられる形で、言葉遣いが絶え間なく変化しているらしい。

〝歪み〟の快楽

このような言葉の不安定さを示す徴候は他にもあります。たとえば以下の部分。

Iの部屋Iによって
手早く蒲団が敷かれたこと
とうめいな
ふくろ、とか

こんなことやってきもちよくなるのかあたしはちっともよくならない
と言ったらIが
抜いてしまったこと
きもちよくならなくても暖かく
あてはまっていたのに

「Iの部屋Iによって／手早く蒲団が敷かれたこと」のところは、きちんと文にはならない体言止めであり、「I」という名指しがややどもるように繰り返されたりする。「とうめいな／ふくろ、とか／こんなことやってきもちよくなるのかあたしはちっともよくならない／と言ったらIが」というあたりは、語るうちにごちゃごちゃと話の焦点がずれたりかさなったりして、元々は「××が○○した」という輪郭のある出来事なのに、言葉の中でその輪郭が歪みつつある。

もちろんその「歪み」の遊び性というのでしょうか、楽しさのようなものは見逃せません。ピカソのデフォルメが何より遊び心に満ちた享楽的なものであるのと同じで、伊藤比呂美の「歪み」に表れているのは言葉の楽しさであり快楽です。愉快さであり、まさに気持ちよさである。

でもそれが迫真性をともなって表現されているのは、伊藤なりのリアリズムがその土台にあるからです。そのリアリズムの芯にあるのが心理なのです。ここで言葉のシンタクスが乱れたり話題が横滑りしたり視点が揺れたりするのは、語り手の言葉がまだよそ行きのものとして整理されていないことを示しています。内側から出てきたばかりのような〝未調理〟の生々しさがある。心から直に出てきた言葉なのです。

　こうして〝内側〟の生の言葉に到達することで、詩は詩となるのです。作品として山を越える。前半部の「さっきはなんといった／あいしてなくたってできる、といったよね／このじょうのふかいこういを／できる、ってあなたは」も一つの峰ですが、そのさらに奥で、もう一つの高みへと踏み込むのが「きっと便器なんだろう」という詩なのです。

　このように内面の声への到達によって詩の山場を演出するという手法は他の詩人にも見られるものですが、その働き方は詩人によってさまざまです。伊藤比呂美の場合は、内面化した言葉の「歪み」を通して、「それどころではない！」とでもいうような切迫感や感情の高まりがうまく表現されているように思います。「わたしをいんきだと言ったＩの／目つきが残るそのＩのことをずっと」というような部分に典型的に表れているように、言葉はどんどん境目を越えて連続してしまう。コントロール不能の感じがある。「駅まで抱きあって歩いた風が強く／とても寒く／かぜがつよくとてもさむく／とてもさむく」という繰り返しなど、それだけ見るとほとんど三好達治を思わせる古典的な耽溺調なのですが、この詩の中ではそうした譫言《うわごと》的な言葉の千鳥足ぶりが酩酊感のような、あるいは性的興奮のような、と同時に嗚咽にひたる人の言葉が散り散りになる感じでもあるような、きわめて独特な響きを得ています。

　とはいえ、伊藤比呂美の詩が良い意味で安心できるのは、最後にはがっちりしたリアリズムに戻ってくるからかもしれません。

あたしは便器か
いつから
知りたくは、なかったんだが
疑ってしまった口に出して
聞いてしまったあきらかにして
しまわなければならなくなった

「あたしは便器か」という一言はすごく明晰な皮肉になっています。かなり言葉をデフォルメしておいて、背後にあるリアルなものはとらえて離さない。心理への旅から戻った後には、「便器」という揺るがしがたい現実が待っているのです。

「きっと便器なんだろう」『伊藤比呂美詩集』（現代詩文庫、九四）思潮社、一九八八年。『続・伊藤比呂美詩集』（現代詩文庫、一九一）思潮社、二〇一一年

伊藤比呂美（いとう　ひろみ、一九五五年〜）　詩人。『家族アート』『河原荒草』『とげ抜き　新巣鴨地蔵縁起』など。

第8章 私がいない——西脇順三郎「眼」

日本語で詩は可能か?

日本の現代詩は「私」について書くことを一つの使命としてきました。それは必ずしも私小説のように自分に実際に起きたことや、自分が本当に思ったことを正直に語るということを意味するわけではありません。大事なのは私の感性が際立つような、独自の言葉で語ることです。ほとんど他人には通じないくらいぎりぎりの線まで聞き取りにくくなったり難解であったりしてもいいから、私にとっての「今」や「これ」を取り替えのきかない独特な言葉で語りたい。第7章で取り上げた伊藤比呂美の「きっと便器なんだろう」はまさにそういう詩でした。

どうして現代詩はそんなに「私」にこだわるのか。そこには歴史的な事情があります。そもそも日本の口語自由詩は明治時代になって西洋の抒情詩をモデルに移入されたものです。実は西洋の詩もすっかり「自由」だったわけではなく、一九世紀までは韻律の規則に従って書かれるのが当たり前でした。だから今でも西洋では、形式への意識を示しながら書く詩人は大勢いますし、一見「自由」に見える作品の土台に形式が隠されているということもしばしばあります。

一方、日本では抒情といえば、短歌というきっちりした枠のはめられたジャンルがあり、それゆえ、まずは五七調という形式を破ることが至上命題となりました。五七調というものは、いくら個人的な感情を歌ったはずのものであっても、長い歴史を持った形式が背負う共同体のリズムと匂いを強烈に発散してしまうので、言葉に対して、自分のものでありながら決して自分のものにはなりきらないような不自由な思いを抱かせる。

しかし、五七調を乗り越えたあとに待っていたのは「自由」というよりは「欠如」でした。西洋では伝統的な詩型を乗り越えたからといって詩がすっかり形式と無縁になったわけではなかった。これに対し、言語の違う西洋の抒情詩を五七調を打破するためのモデルとした日本の口語自由詩は、形式の上でモデルにできるものを持っていませんでした。そのため、口語自由詩には形の上での決まりはほとんどありません。少なくとも韻やリズムの拘束は皆無。あるとすれば行分けくらいでしょうか。明治から大正までの詩人の作品には微妙に五七調の名残りがあったりしますが、昭和になるとそれがどんどん消えていきます。こうなると、明治になってまったく新しいジャンルとして出発した口語自由詩が拠り所とするのは、それとわかるような形の上での特色ではなく、「形に反逆する」という意識そのものだということになってくる。〝詩〟というものを理念の上では志向しつつも、共同体的な形にはとらわれたくないという意識です。

そこで唯一共通理解として残ったのが「私」だったというわけです。徹底的に「私」である、ということ。「私」の言葉を語る、ということ。これが現代詩の最低限のルールとなってきました。

第6章で読んだ朔太郎は、大正から昭和という日本語の激動期を生きた人です。どれくらいまで詩の言葉がほんとうに「私」になれるのか、そのあたりをいろいろ試している。ある意味では朔太郎や高村光太郎のような詩人こそがその激動期を作り出したのかもしれません。彼らの行った「私の言葉」をめぐる実験が、日本語の新しい可能性を切り開いたとさえ言える。

「私」はどこにいるのか?

この章では朔太郎や光太郎と同じように、まだ日本語の現代詩が非常に不安定であった時代に、その新しい可能性を切り開いた詩人の一人、西脇順三郎の作品を取り上げてみたいと思います。西脇がおもしろいのは伊藤比呂美のような現代詩人の常識をまだ共有していないということです。その常識とは、「詩とは『私』を取り替えのきかないものとしてプライベートな言葉で語るものだ」というものです。西脇の詩は、五七調からはほぼ自由になっているとはいえ、言葉がまだパブリックなものとプライベートなものの間で揺れている。「私」がそれほど前面に出てくるわけではない。でも、その詩を成り立たせているのはやはり「私の言葉」への意識です。本来公共的なものである言葉というものと、「私の言葉」のプライベート性とがどう折り合いをつけるか。そのあたり、最初期の詩集〈*Ambarvalia*〉の「眼」という作品を取り上げて考えてみましょう。

白い波が頭へとびかゝってくる七月に
南方の奇麗な町をすぎる。
静かな庭が旅人のために眠っている。
薔薇に砂に水
薔薇に霞む心
石に刻まれた髪
石に刻まれた音
石に刻まれた眼は永遠に開く。

西脇の場合は作品がとても短いということもあり、何を、どう、読んでいいかわからないという感想を持ちがちです。あまりに呆気なく終わってしまうのです。たとえば前章の「きっと便器なんだろう」のような作品であれば、描かれている場面も展開するし、それに伴って語り手の心境も変化するから、まるで物語を聞かされたような気がする。この詩には果たしてそういう物語があるのか。

でも言葉の風情を注意深く読みとるにはこのような作品はもってこいです。さっと読み飛ばしてしまうと気づかないかもしれませんが、こんなに短い中でもちゃんと言葉に〝出来事〟は起きている。冒頭部が展開して結末へ至るまでの間に何かが変化している。

冒頭では言葉はいったいどんな風情をしているでしょう。

白い波が頭へとびかゝってくる七月に
南方の奇麗な町をすぎる。

何か大事なものが省略されているのがおわかりでしょうか。主語です。「南方の奇麗な町をすぎる」のがいったい誰なのかが書いてない。主語は「彼」でも「彼女」でも「私」でも良さそうですが、それが明確には特定されていない。

　たぶん最後まで読んでもこの「誰」を決めることはできそうにありません。ただ、特定されてはいないけど、ヒントになるものはあります。この作品は「ギリシャ的抒情詩」と題された連作の一つです。連作中の別の作品でははっきり「私」が出てくるものもある。また、「薔薇に霞む心」とか「石に刻まれた髪」という部分にも表れているように、この「眼」という作品では視点となる主体の微妙な感覚に脚光があてられており、ということはこの詩の語り手はかなりこの視点人物に近いところにいる、おそらくはほぼ重なると考えてもいい。たとえ「彼」とか「彼女」が使われたとしても、ほぼ一人称に近い語りになっているように思えます。「頭へとびかゝってくる」というような表現からも、語り手が自ら旅する主人公を演じている臨場感が得られます。どうやらこの詩は、「私が南方の奇麗な町をすぎた」という状況を想定しているのです。

　ただ、そのことを確認したうえであらためて注意したいのは、そのように〈語り手＝私〉という構図を暗示しつつも、なお、語り手が「私」にはほとんど言及していないということです。つまり、語り手は単に「私」を設定したり隠蔽したりするのではなく、「〈私〉がいるのだけれど、まるでいないかのように扱いますからね」という複雑な態度を表現しているのです。

どうしてそんなことをするのでしょう。

このことについて考えるために、こんどは続く部分の言葉の風情を確認してみましょう。三行目は「静かな庭が旅人のために眠っている」とあります。この「旅人」とは誰か？「私」なのでしょうか。でも「私」とはいわずに「旅人」という。まさにこういうところに、「〈私〉がいるのだけれど、まるでいないかのように扱いますからね」というややこしい態度が出ています。

でも、今私たちはこの詩の「私」に注目しようとしているからいちいち「ややこしい」と思ってしまうけど、このややこしさはふつうに詩を読み進めているときには意外と気になりません。というのも「静かな庭が旅人のために眠っている」とあると、もはや「旅人」が誰であるかはどうでもいいような気がしてくるからです。この文の焦点は主語である「静かな庭が」の部分に移っている。

ということは語り手はこのように「私」に言及するのを避けることで、上手に主語／主体の位置から「私」を退却させ、そのかわりに別のものが主語の位置を占めるようにしているのかもしれません。実際、ここでは「静かな庭」が主語として躍り出ることで、まわりの風景の存在感が強まっています。

言葉を汚す

では、そうまでして語り手が導きこんだ風景とはいったいどんなものでしょう。しかし、三行目の時点ではその風景はそれほど具体的には描出されていません。「静かな庭」だけではあまりに観念的。紋切り型でさえある。四行目以下では、風景は次のように描かれます。

薔薇に砂に水
薔薇に霞む心

どうでしょう。たとえば、みなさんが風景描写をしようと思ったらどんなふうな言葉を使いますか？　多くの人は小学生や中学生のときに写生の時間というのを体験したと思います。そういうとき美術の先生がアドバイスしたのはきっと、絵の具の色をそのままベタッと塗らないようにしましょう、ということではなかったでしょうか。写生とはいっても私たちは必ずしも現実世界をそのまま写せるものではない、それよりも大事なのはいかにも現実であるかのように描くことです。いかにも現実であるかのように描くための一番簡単なコツはどんなものか？　それはまるで絵の具で描いたのではないように描くことです。絵の具の「赤」や「緑」をそのまま塗って草原や水車小屋を写生したら、いかにも絵の具を使ったように見えてしまう。絵の具そのものに見えてしまって、その向こうにある草原や水車小屋が立ち上がってこない。だから、わざと絵の具を汚すわけです。具体的に言えば、色を混ぜたり、薄めたりする。それだけでまるで絵の具で描いたのではないように描く第一歩となるわけです。

言葉でも同じです。まるでチューブからそのまま出したような言葉では、いかにも言葉で描いたような風景になってしまう。私たちが風景描写に求めるのは風景そのものです。もちろん、所詮言葉は風景そのものにはなりえません。しかし、まるで言葉で描いたとは思えない風景にすることならできる。そのためには絵の具と同じことをする。言葉を汚すのです。

ところが西脇の言葉はどうでしょう。「薔薇」、「砂」、「水」。チューブから出した言葉そのまんま。全然、汚れていない。これではとても風景には見えない。未加工の言葉のように見える。

でも、ほんとうにそうでしょうか。ここでは何も起きていないでしょうか。何の風情も立ち上ってこないでしょうか。私には必ずしもそうは思えません。たしかにチューブから出したまんまの言葉なのですが、ひとたびそのチューブからの言葉をキャンバスに塗りつけたなら、すでにそこでは一つの出来事が起きているのです。

それはどんな〝出来事〟かというと、「たしかにここではチューブからの言葉がそのまんまキャンバスに塗りつけられた」ということです。なんだ、と思う人もいるかもしれませんが、言葉というのは不思議なもので、何も手を加えないことでむしろ手を加えているかのように演出することもできる。実はこれは絵画でも同じです。「手を加えない」という加工の方法がありうる。二十世紀以降の絵画では絵の具からの色を大胆に使う作品が増えています。その原因は、絵の具を汚すことでまるで絵の具を使っていないかのように見せる類のリアリズムに、画家たちが行き詰まりを感じてきたことにもあるでしょう。西脇もそういう種類の、つまり言葉を汚すことでまるで言葉ではないかのように見せようとするリアリズムにはあまり興味がないようです。

体言止めと寡黙さ

ではチューブからそのまま出された西脇の言葉はどんな風情をたたえているでしょう。注目して欲しいのは、チューブから出されたままであることによって発生する違和感です。「薔薇に砂に水」とだけある。私たちはどんなふうに感じるか。何かが足りない、と思うのではないでしょうか。述語がないのです。この文には――広い意味での――「である」がない。「である」がないとは、文が未決着だということです。そこにならべられた言葉に、どういうふうに意味させたいのか、語り手の態度が見えない。語りが未完成なのだと言ってもいい。

ところが語り手の態度が未決定なわりに、詩のこの部分は非常に決着しているようにも聞こえる。それは一つには「〜すぎる」→「眠っている」→「薔薇に砂に水」という語尾連鎖のリズムがとても安定して聞こえるせいもある。また「薔薇に砂に水」の三・三・二という音節数の並びも小気味良い。それに「薔薇に砂に水」の後に「薔薇に霞む心」ときてさらに「石に刻まれた髪」というふうにこの体現止めの並列が続いていくと、まるでこの体現止めの連続に意味があるかのような気がしてくる。

元々私たちには、意味がありそうなものに勝手に意味を読みこんでしまう習性があります。ここでもそうではないでしょうか。「薔薇に砂に水」という言い方は、一見、言葉としては判断の保留されたとても中途半端なものに見えるかもしれませんが、このように「薔薇」で始まる行が二つ意味ありげにならべられていると嫌でも意味を読んでしまう。

体現止めの意味とは何でしょう。体言とは名詞です。物であったり観念であったりするもの。抒情詩というのは心の動きに焦点をあてる形式ですから、あまり名詞にとらわれると動詞や形容詞が表すものに目がいかなくなってしまう危険がある。だから、朔太郎の「地面の底の病気の顔」ではあえて「内容を読まない」という課題を掲げたわけです。

とするなら、ここでは逆のことを考えればいいのかもしれません。体言で止めてあるということは、動詞や形容詞を極力抑えようとしているのだ、と。動詞や形容詞の向こうにあるのは、物や観念ではなく、心の動きです。もっと言うと主体です。「私」です。その「私」を封印するというジェスチャーがここにも読める。そして「私」を封印するかわりに、「もの」が前面に出てくる。つまり、西脇は言葉の風情を通して、人↓物へという推移を表現しているのです。口に出されない「（私）」が「旅人」になり、ついには物の世界に飲みこまれていく。

しかし、それで終わるわけではありません。いったんそのように物だけの世界に足を踏み入れておいて、次の段階がある。それはこの詩が詩になるための重要なステップです。そのあたりを確認するために、最後の五行をあらためて読んでみましょう。

薔薇に砂に水
薔薇に霞む心
石に刻まれた髪
石に刻まれた音
石に刻まれた眼は永遠に開く。

体言止めも目立ちますが、もう一つすぐ目につくのは行の頭で「薔薇」と「石」という言葉が繰り返されているということです。「石」の方は、最後の「石に刻まれた……」まで反復されています。このような反復は、ここでは言葉の「型」を示すように思います。つまり、言葉がナマの人間によりそのときの状況に応じて柔軟に語られているわけではなくて、何か硬い形のようなものに沿って無機的に繰り返されている。その背後には、物質としての「石」があるわけです。

この繰り返しはきれいなものです。秩序を感じさせる。個人の横溢する情念が抑えられ、美しい対称性の中に感情や言葉がおさまっていくように見えます。このあたりが西脇の詩の「よそ行き」の表現になっていると私は思います。「よそ」とは「うち」ではなく「外」だということ。その「よそ」に、つまり自分の外にある基準に自分の言葉を従わせる。私を抑え、隠し、自分の外にある形に収めるのです。社会や伝統や形への恭順のジェスチャーが読める箇所です。

〝よそ行き〟の言葉の使い道

しかし、西脇の詩がほんとうにおもしろいのはその先です。詩の言葉がまるでフリーズドライのように乾いて固まっていくかと思わせておいて、ふっとそうではないものが入ってくる。たとえば「薔薇に霞む心」の「心」。あるいは「石に刻まれた髪」の「髪」。薔薇や石といった、かっちり固まった名詞をつき崩すかのように、やわらかくしっとりして曖昧なものが絶妙のタイミングで入ってくる。しかもそれが薔薇や石といったイメージを否定し去るわけでもないらしい。「硬いもの／やわらかいもの」という単純な二項対立に至るのではないのです。むしろここでは、薔薇や石からまったく新しい異物が発生したかのような不思議な溶解感覚が表現されているように思います。

もちろん、このあたりの詩行をごく散文的にパラフレーズすることは可能です。たとえば「薔薇に霞む心」は「薔薇を見たら私／彼は過去を思い出し、ふと我を忘れてしまった」とか「薔薇を見るとその妖気にぼおっとなってしまった」などと言い換えられなくもない。あるいは「石に刻まれた髪」や「石に刻まれた眼は永遠に開く」のところは場合によっては「石の彫像の髪を見て、私は生きた女の官能性を感じた」とか、「石に刻まれた眼は美と真実について雄弁に私に語りかけてきた」といった読みにもつながるかもしれない。でも、このような解釈でほんとうにいいのでしょうか。たしかに散文的な安心感を得ることはできるかもしれませんが、私にはむしろ意味の不安定さが残っていた方がおもしろいように思えます。こういうところでこそ、「内容を読まない」という課題を実践したい。

まとめましょう。この「眼」という作品の冒頭部の特徴は、「〈私〉がいるのだけれど、まるでいないかのように扱いますからね」という抑えた語りの調子にありました。抒情詩でありながら、抑圧的と言っていいほど「私」や感情が隠されている。でも、大事なのは、ここで「あ、隠されているな」と気づくことでもあります。すっかり「私」や主体のことを忘却してはいけない。というのも、詩の言葉がいっそう名詞的に「硬い」ものとなり物と形に従属していく中で、この隠された「私」を意識しつづけることは、形を破って出てくる「何か」に備える準備となるからです。「薔薇に霞む心」という部分を読んで、「あ、やっぱり心が出てきた、私は隠れていたのだ」と受けとめるためには、出だしでちらっと出てきた語り手の影を忘れないでいる必要がある。

とくに最後の「石に刻まれた眼は永遠に開く」を、「彫像の眼が開いている」という以上の含みをこめて、つまりその背後にある人間的なものの雰囲気をこめて読むには、やはり「私」の存在を忘れるわけにはいかないでしょう。見開かれた眼は彫像のものであるだけでなく、語り手のものでもあるし、あるいは語り手の知っている誰かのものでもある。しかし、そのあたりを散文的な解釈に落着させずに言葉と物との緊張関係の中で読むためには、よそ行きの言葉の中にこっそり私の言葉を忍ばせる「私」の「私らしさ」の気配が欠かせないのです。

西脇の詩には、神話めいた儀式や形式に対して積極的に反応しようとする姿勢が読めるように思います。これは現代詩人には縁遠い態度かもしれませんが、西脇の詩には大きいものや美しいもの、古いものに対して、それを「自分より上である」ととらえて憧れるような態度がわりに素直に出ているのです。「薔薇」のイメージはその典型です。薔薇は西洋文学では何百年も前から使われてきた象徴です。「薔薇」をテーマにしたり、イメージとして使ったりした詩も数多く書かれてきた。表すものはさまざまで、エロスであったり、女性であったり、あるいはイングランドであったりもするのですが、この西脇の作品の「薔薇」にはそうした象徴をひっくるめてまとめるような、〝数ある象徴を象徴する象徴〟という役割があるように思うのです。石もしかり。石は何よりキリスト教の重要な象徴ですが、しばしばギリシャ・ローマの古典文化が石の彫像のイメージでとらえられることからもわかるように、西洋の文化の中では薔薇と同じくらいに「いかにも象徴」というイメージを持つものです。

そうした象徴を遠いものや古いものととらえて憧れるには、それらが「自分よりも、現在よりも、偉大である」という、一種の humility（謙虚さ）の感覚が鍵になってきます。西脇が詩を書き始めた時代は、西洋でもそのような復古主義や自己滅却の態度が詩人たちの間で流行した時代で、西脇がその影響を受けたのは間違いありません。ただ、西脇はそのような憧憬の視線を湛えた「よそ行きの言葉」の中にプライベートなものをちらっとすべりこませてもいます。そのように隠れた「（私）」の威力を上手に用いて詩を詩として完成させたという点では、西脇は紛れもない現代詩人だと思うわけです。

「眼」『西脇順三郎詩集』（岩波文庫、緑一三〇‐一）岩波書店、一九九三～九四年

西脇順三郎（にしわき　じゅんざぶろう、一八九四～一九八二年）　詩人、英文学者。詩集に『Ambarvalia』『旅人かへらず』『第三の神話』など。

第9章 型から始まる——田原「夢の中の木」ほか

それでも型は消えなかった

口語自由詩はその名のとおり、旧来の伝統的な型から自由になるためのジャンルで、第8章でも強調したようにそこにはほとんどルールらしいルールはないのですが、その一方で時折、型らしきものを見つけることはできます。なぜでしょう。これらは昔の〝定型〟の名残りなのでしょうか。それとも何か別の作用があるのでしょうか。これまで強調してきた詩の風情と接するためには、こうした型が作品中でどのように際立ってくるか、その威力を読み取ることも必要となります。口語自由詩と呼ばれるものでも、型によって詩が生かされることがあるからです。

元々詩が型を必要としたのは、型に入れ物の役割があったためです。印刷物はもちろん紙さえまだない時代に、詩はその共同体ならではの型を持つことで私たちの知恵や決まりを保存することができました。おかげで私たちは重要な情報を記憶したり、強い印象とともにメッセージを受け取ったりすることもできます。

型のおかげで詩が貯蔵庫や発信装置として働いたということです。やがて、そのような機能があまり必要とならなくなり、詩人たちはもっと自由を求めるようになりました。でも、予想に反して型はなくならなかった。というのも、詩の型には他にも大事な役割があったからです。この章で考えてみたいのはそのことです。

以下は、田原（「でんげん」もしくは「ティエン・ユアン」）という詩人の作品です。彼は中国語を母語とする人ですが日本語も堪能で、中国語と日本語のいずれでも作品を発表しています。

夢の中の木

その百年の大木は
私の夢の中に生えた
緑色の歯である
深夜、それは風に
容赦なく根こそぎにされた

風は狂った獅子のように

木を摑んで空を飛んでゆく
夢の中で、私は
強引に移植されようとする木の運命を
推測できない

木がないと
私の空は崩れ始める
木がないと
私の世界は空っぽになる

木は私の夢路にある暖かい宿場だ
その梢で囀る鳥の鳴き声を私は聞き慣れている
その木陰で涼んだり雨宿りする人々　そして
葉が迎える黎明に私は馴染んでいる

木が夢の中で消えた後
ケシの花は毒素を吐き出し
木が夢の中で消えた後

馬車も泥濘《ぬかるみ》にはまった

木がないと私は
鳥の囀りに残る濃緑を追憶するしかない
木がないと
私は、木が遠方で育つのを祈るほかない

内容がなかなか大胆で、ちょっと変わった比喩もあるので、一読して型に目がいくということはないかもしれませんが、よく見てみるとあちこちに型が埋め込まれているのがわかります。

まず言うまでもないことですが、この詩は行分けされています。そして、それらの行が五行、五行、四行、四行、四行、四行とまとまって連をつくっている。それだけではありません。たとえば三連目は、「木がないと／私の空は崩れ始める」という前半と、「木がないと／私の世界は空っぽになる」という後半とが対になっています。五連目や六連目でも同じように前半と後半が対を成している。これらの連はそれぞれ中に対を抱えているとともに、連と連の間でも並列的な相似関係をつくっているわけです。このような対称性や並列性はがっちりした様式の存在を想起させるもので、昔の定型的な詩を彷彿とさせるかもしれません。詩の背後にマナーやお作法の気配がある。

これと合わせて、三〜六連がいずれも「木」という語から始まっているのも特徴的です。「木は〜」とあったり、「木が〜」とあったりして、そのあとに続く助詞は一定ではないのですが、木をタイトルに掲げた作品だけあって、どの連の冒頭でも話題の中心として「木」という語が出てくる。

こうした型の根本にある原理は反復です。特定の言葉の使い方を何度も繰り返すことで、その使用法がことさら目立つ。すると、そのような構造そのものに何らかの価値があるような気がしてくる。情報の伝達という面から見ると繰り返しは無駄であり、意味の停滞につながりそうですが、他方、繰り返すことで、言われている内容とはかかわりなくなぜか力が漲るような気がしてくる。型は勢いを生み、リズムをつくり、やがては歌謡性にもつながります。

目には見えない型

ただ、型の威力はそれだけではありません。実は今確認した型は、詩を読まなくてもわかる型でした。つまり、詩の言葉に身をまかせその力動性を体験しなくても、頁面をなぞっていけばある程度視認できる特徴でした。

この詩にはそのような可視的な型とは別に、もう少し見えにくい型も潜んでいます。これは詩を読み、その流れに身をまかせて初めて体験できるものです。たとえば冒頭一連目の「その百年の大木は／私の夢の中に生えた／緑色の歯である」と、四連目の「木は私の夢路にある暖かい宿場だ」という行に注目してみましょう。ここも「木は〜」が繰り返しになっていますが、助詞の「は」はごく一般的な語ですし、文の長さや構文の形もだいぶ違うので、ふつうに頁面をながめても型として意識されることはないでしょう。

しかし、この詩を通して読んでみると、この二箇所の目立たない「は」には大きな役割があることがわかってきます。というのも、この二箇所の「は」が型の結節点になっているからです。

この二箇所の「は」では、語り手は名づけ指し示す身振りをとっています。本書の第1章でも触れたように名づけや名指しは詩の中でもとても大事な行為です。この作品も「その百年の大木は／私の夢の中に生えた／緑色の歯である」というふうに、つまり「AはBである」という名づけをきっかけにして語りが始まっています。そして、後半の四連目では「木は私の夢路にある暖かい宿場だ」とやはり名づけが行われ、これをきっかけにして詩が終わっていく。こうしてみると、名づけ名指すためにこそこの詩は書かれたといっても過言ではないのです。

名づけ名指すという行為は、日常生活の中で私たちが何気なく行っているものです。しかし、この詩ではことさら「今、語り手は名づけ名指しているのだ」ということを強調しようとしている。言ってみれば、名づけ名指すという行為そのものを主役にしようとしている。

ふつう名づけが行われるときに私たちが一番気にするのは、何がどのように名づけられるかです。「何」に焦点があたる。内容が重要である。この冒頭部分で語り手は「『百年の大木』＝『緑色の歯』である」と言っています。木が歯のようだというのはなかなか珍しい比喩です。ふつうはそんな喩えは思いつかない。きっと夢の中で、突拍子もない連想が起きてしまったのでしょう。ただ、ちょっと考えてみるとすぐ思い出すのは、歯がしばしば性的な隠喩を持つとされていることです。歯が抜かれることと、去勢されて性的能力を奪われることとがならべて考えられることは多い。また、木そのものも、その形から男性性の象徴と見なされることがよくあります。そういう意味では、木と歯とがつながる背後に何があるかはそれほど想像しにくくはない。単刀直入に性のことを念頭に置いてはいないにしても、おそらく詩人は性的なものも含めた「愛」について語ろうとしているのではないか。

しかし、そのような謎解きをしただけではこの詩をほんとうに読んだことにはなりません。この詩の風情を体験するには、むしろ「百年の大木」＝「緑色の歯」というこの詩人の名づけを理解しない方がいいくらいなのです。そこで謎に突き当たった方がいいくらいなのです。なぜなら、語り手自身が自分の言葉に驚きをこめているからです。「自分は『百年の大木』＝『緑色の歯』などという連想をしてしまった！　何ということだろう‼　わけがわからない……」と。

この「驚き」についてさらに考えてみましょう。自分で自分の言ったことに驚くというのは変と言えば変です。言葉というのは、まず自分の心の中で整理してから言うものではないか。第5章でも確認したように、言葉とはすぐれて私的なものです。だからこそ、表に出すのが恥ずかしい。ふだんは人目につかないところにある。それを思い切って外に出すときにさまざまな葛藤が生まれる。詩に限らず文学の言葉というのは、「よそ行き」「普段着」とはっきり分かれがちなふつうの言葉と違って内と外の両方の要素を併せ持っているので、内と外との間で生ずる摩擦そのものを背負うことのできるたいへんデリケートな装置として機能します。それが強みでもある。

だからこそ、ちょっと変なことも起きうる。第2章で確認したことを思い出していただきたいのですが、言葉はたとえそれが自分のものであっても、まるで外からやってきたもののように聞こえることがある。「自分はいいことを思いついた」なんていう言い方を私たちはしますが、こういうとき、私たちは言葉が向こうから勝手にやってきたというニュアンスをこめています。文学の言葉というものは、内から発生したものなのにまるで外から到来したかのように聞こえることがある。不思議な境地です。とりわけ詩は、こういう境地を表現するのが得意である。
「夢の中の木」の冒頭部にこめられているのも、そのようなニュアンスです。「自分は今、こんなことを言ってしまっているが、これは自分で口にしているものの、まるで外から到来したかのような言葉だ」という訝りや、不安や、驚きや、そして何より大事なのは、喜びもこめられている。「こんなことを言えて、嬉しい」という気分が読めるのです。

ということは、この部分で私たちが何より読み取らなければならないのは、必ずしも「百年の大木」と「緑色の歯」とが同じであるという〝連結感〟だけではないのです。それを記憶して、「ねえ、百年の大木は緑色の歯なんだってさあ」と誰かに吹聴しても、ほとんど意味はありません。私たちが何より読むべきはそのような陳述内容よりも、そんなことを口にしてしまったことに自ら驚き、心配し、しかし同時に喜んでもいる語り手のその微妙な態度です。それが先ほど述べた「名づけ名指すという行為そのものを主役にする」ということの意味です。詩人は自分が言っている内容に半ば驚いているわけですから、自分の言葉を他者のもののように受け取ってもいる。まるで言葉が勝手に生まれたかのような気分がある。ということは、彼は言葉そのものをそんなに窮屈に支配してはいない。これは自分だけのものだというこだわりもない。彼にとってほんとうに大事なのは、そのように言葉が流れ出ることを可能にする枠組みなのです。その枠組みをつくってくれるのが、名づけ名指すという構えなのです。

「は」の作用

この名づけ／名指しと型の関係についてあらためて考えてみましょう。もし語り手が名づけ名指すという行為そのものを目立たせたいなら、読者もある程度それを感じ取る必要があります。どうでしょう。何か感じるでしょうか。感じるとしたら、どの段階でそれを察知するでしょう。

おそらく私たちは、最初の行で「その百年の大木は」という「〜は」構文が出てきただけで、すぐに名づけが中心になっていると判断するわけではないでしょう。読み進めて、全体に何となく名づけの気配のようなものが充満していることを感じ、何となく名づけが大事であることを悟るという順番ではないかと思います。

型はこの気配を生みだすのに大いに役立っています。注意して見てみるとこの詩の序盤では、「〜は」という言い方が連続して出てきています。以下の傍線部をご覧ください。

その百年の大木は
私の夢の中に生えた
緑色の歯である
深夜、それは風に
容赦なく根こそぎにされた

風は狂った獅子のように
木を摑んで空を飛んでゆく

夢の中で、私は
強引に移植されようとする木の運命を
推測できない

木がないと
私の空は崩れ始める
木がないと
私の世界は空っぽになる

一つの連につき前半と後半に一回ずつ「〜は」という言い方が使われています。しかし、「〜は」の「〜」の部分は入れ替わっていき、また、「〜は」前後の構文も少しずつ形が変わります。しかも、最初の「その百年の大木は」の「は」は、「〜は…である」という構文の一部になっているので定義や同定（アイデンティファイ）の含みを強く持つのに対し、後の「は」はもう少し意味が弱く目立ちません。せいぜい主語を示すくらいである。そうすると、いかにも「〜は」が繰り返されているという感じはしません。「〜は」という型はごくひっそりと埋め込まれているだけなのです。

しかし、このようにひっそりとではあっても「〜は」の形が続くことには二つの作用があるように思います。一つは文章全体に「〜は」という言い方ならではの主語への焦点化が起きるということです。そもそも日本語は必ずしも主語を明示する必要のない言語です。それが「〜は」の使用によっていちいち主語が示されることで、主語性のようなものが強調されることになる。何だか主語が目立つ。前方の文の頭部に重心があるような気がしてくるのです。

　これだけでもかなりの表現効果があります。私たちは、何となくこの語り手の言葉に強い主体性を感じるでしょう。語られている内容にかかわらず、このような語り方をする人はきっと行動力があって、欲もあって、感情的にも旺盛、エネルギーに満ちているのではないかという気がしてくる。世界に自分の身を任せるというよりは、積極的に世界に働きかけていくような人なのではないか。少なくともこの作品の言葉は、積極的に世界に働きかけるような言葉です。世界を語るにあたって、まるで世界に呼びかけるようにして声を出し、場合によっては比喩の力を通して世界そのものを別のものへと読み替えてしまおうとするような強烈な力を持っている。

定期的な力

　しかし、これと並んでもう一つの作用も見逃せません。「〜は」がかなり定期的に出てくるということです。目立たないかもしれないけど、ちゃんと一定の割合で使われる。この定期性は必ずしも束縛にはなりません。むしろ逆です。「〜は」は型として定期的に出てきて、まるで不動性を顕示するかのようだけれど、実際には「〜は」という既定の型が変化を生むことにつながる。

　そのあたりを確認するために、この詩の「ストーリー」を連ごとにたどっておきましょう。まず一連目では「その百年の大木は／私の夢の中に生えた／緑色の歯である／深夜、それは風に／容赦なく根こそぎにされた」とあるのですが、「歯」にしても「容赦なく根こそぎにされた」にしても、木にまつわる暴力的で容赦ない力が描出されています。ただ、この時点ではまだわからないことだらけです。「根こそぎにされた」というのは、木が破壊されたのか、それとも別の場所に移動されただけなのかわかりません。暴力が外から来るものなのか、実は木そのものに由来するものなのかもわからない。語り手と木の関係もはっきりしない。木が語り手そのものである可能性もあるけれど、語り手のある部分を象徴するとも読める。ともかく私たちはあふれる暴力性に圧倒されます。

二連目になるとこの暴力は空間的なイメージと結びついて、広大さや無限の感覚を呼び覚まします。「風は狂った獅子のように／木を摑んで空を飛んでゆく／夢の中で、私は／強引に移植されようとする木の運命を／推測できない」という。木を取り巻く「運命」は、危険で残酷なのかもしれないけれど、そこで印象づけられるのはいったいどこに行くのかわからないという不明感です。

この不明さを受けて第三連では「木がないと／私の空は崩れ始める／木がないと／私の世界は空っぽになる」というふうに、不安が前面に出てきます。この連では今までの連と較べると言葉数そのものが減り、「木がないと」という句も繰り返されているので、情報量は一層少ない。だから、まるで詩の言葉が萎縮しはじめたような、ちょっとその場に踏みとどまって省察にふけっているような印象を与えます。内省的になって、声も小さくなる。「私の空は崩れ始める」「私の世界は空っぽになる」といった行に示された私という存在の根本的な危機は、このような語りの身振りの萎縮を通してより明確に示されるわけです。

しかし、第四連になると、萎縮しつつあった語りに転機が訪れます。「木は私の夢路にある暖かい宿場だ／その梢で囀る鳥の鳴き声を私は聞き慣れている／その木陰で涼んだり雨宿りする人々　そして／葉が迎える黎明に私は馴染んでいる」というふうに、がらっと違うぬくもりに満ちた木のイメージが想起されるのです。前半で強調された暴力性や広大無辺さとは対照的です。平穏で慎ましく繊細で可憐な風景が、語り手のやさしい眼差しを生んでいる。前半の嵐のような荒々しさとは全然ちがいます。でも、これも木が持っている顔の一つなのです。たしかに木は野蛮で壮絶な状況に巻き込まれることがある。歯に喩えられるくらいだから、木そのものにも凶暴な面があるのかもしれない。でも木がそもそも語り手にとって大事なものになったのは、後半で示される「暖かい宿場」のような役割が木にあったからなのです。でも、その木は失われてしまった。それにともなって語り手は「暖かい宿場」をも失うことになる。

そういうわけで第四連は第三連で示された〝不安〟を説明する役割を果たしており、この二つの連には明確に論理的なつながりがあるとも言えます。ただ、おもしろいことに、こうして木のぬくもりへの言及があるおかげで、詩の語りには穏やかなゆったりした空気が漂い出します。つまり、第四連は表面的な論理の上では、木が本来持っていたやさしい懐かしい部分を回顧的に思い出し、その喪失を嘆いているのですが、同時に、木のそうした面に言い及ぶことを通して、あらためて木の「暖かい宿場」をそこに再現してもいます。語り手はこうして失われた木の過去を語ることで、その過去を生き直すわけです。

第五連は回顧から戻り、あらためて木のない世界を描いています。今、木は二重の意味で失われているのです。夢の中で木は風に根こそぎ持っていかれてしまった。しかし、その夢が覚めたという意味でも木は失われた。さらに言うと、木を回顧するひとときが終わったという意味でも、木は失われたのかもしれません。しかし、暴力的な夢が通り過ぎた後の、台風一過のような何となく清々しい平穏な空気も感じられます。

第六連では前の連の穏やかな空気が、同じような並列的な言葉の使い方とともに引き継がれます。第五連よりも落ち着きは増し、静けさとともに諦念のようなものがわき起こってくる。表面上語られているのが木の喪失であり、木の夢の喪失であるのに、「木がないと私は／鳥の囀りに残る濃緑を追憶するしかない／木がないと／私は、木が遠方で育つのを祈るほかない」という言い方を通して、むしろ「鳥の囀りに残る濃緑を追憶する」ことや、「木が遠方で育つのを祈る」ことの、その輝くような前向きさが印象づけられます。語られているのは否定や喪失なのに、私たちに伝わってくるのは別のことなのです。

さて、そこで先に立てた問に戻りましょう。このような展開感に満ちた語りの中で、「〜は」という型が定期的にあらわれる意味はどこにあるのか。語りの軸足は、一連目の荒々しい暴力、二連目の広大無辺、三連目の不安、四連目の回顧、五連目の喪失、六連目の祈りというふうにどんどん動いている。木は根こそぎ飛ばされ、それとともに語り手の大事な何かも失われたようです。しかし、そんな中で「〜は」という言い方は持続的に語りの中にあらわれます。そうすると、このようなめまぐるしい変化にもかかわらず、語りには堅固な土台が築かれるのかもしれない。

考えてみると、この詩は出だしからしてきわめて不安定です。そもそも話題の中心が「木」なのか「私」なのかもはっきりしない。肝心の「木」にも暴力的で攻撃的な部分と、穏やかで包み込むような母性の両方がある。語りも失われたものを回顧的に振り返ろうとするのか、現状を描出したいのか、未来に向かっていくのかで揺れている。加えて、この語り手の比喩はかなり大胆で、イメージの連想や話の進め方も突拍子もないと思えることがある。

でも、そんな不安定で流動的な語りに「〜は」がきちんとあらわれると、語りの足下が定まり、しっかりと前に進むことができるのです。「〜は」という支えがあるおかげで、詩はどんな変化にさらされても、ばらばらになって崩壊することなく流動性を前向きに謳歌できる。たしかに不安定さは不安や恐怖にもつながりうるでしょうが、この語り手はそういう行方のわからない言葉の運動エネルギーを生命の勢いに変換し、むしろ積極的に楽しんでしまう力を持っているのです。

「は」の呪術

「夢の中の木」で田原が活用している名づけ名指すという行為は、詩の言葉が元々持っている可能性を大いに引き出すものです。今の説明の中でも確認したように、「〜は」という身振りが型として機能するおかげで、語り手の言葉が「自分」というこだわりから自由になれます。もう少しひらたく言うと、語り手は（もしくは詩人は）「自分は今型に合わせて語っているだけなのだ」というニュアンスをこめて語りを行うことで、きわめてしなやかで軽快な言葉の運動を実現することができる。決して無責任ということではありませんが、自分自身でも半ばわからないような言葉を口にすることができる。

これは「〜は」という日本語の始まり方に、独特の呪術性があるからかもしれません。「〜は」という言い方は、主語を示すだけでなく、話題を導入するとか、強調するといったいろいろな用法があると言われています。それは提案や想起のためのかけ声であるだけでなく、呼び出し喚起することができる。そこにはない不在のものを、発声を通して表に引っ張り出すのが「は」の作用でもあるのです。だから、「夢の中の木」の第四連のように、表向き言っていることと実際に語られていることとがずれることさえある。ほんとうは不在を強調するために言及したのに、言葉にした瞬間に「暖かい宿場」がそこに現前してしまうのです。

田原は別の詩でもこのような「は」を上手に使っています。

そのように長い歳月を経て
川の流れは——疲れ果てた包帯だ
それは——傷ついた村や山を包み縛っている
世の激しい移り変わりの船着き場は——
遠くに清く澄んだ水源を眺め
あたかも老いるのを待っている船頭のように
ひとしきり咳に付き従って
黒い苫舟を漕ぎ
川を遡って帰る

（「田舎町」『石の記憶』より）

ここの「は」はとても屈強に感じられます。その強さは、不在のものを現前させようとする意志とも結びついたものですが、同時に、聞き手なり読み手なりとにかく相手に届こうとしている、その呼びかけめいた意思のようなものも感じさせます。別の言い方をすると、「〜は」という言い方を通して、自分と他者との間の距離を想起し、かつその距離を超えようとするような気概が読める。そういう意味では田原の詩の多くには、相手にむかって呼びかけ手を伸ばそうとするような姿勢が見えるのです。

一本の大木が倒された地響きは―
森の溜息だ
鳥たちは―銃声の傷を背負って
帰巣して卵を産む
ムササビは―黒い幽霊のように
木から木へと跳んで
食べ物を見つけようとする
(「狂騒曲」『石の記憶』より)

もちろん、このような語りかけにはリスクが伴います。相手というのはあてにならないものです。果たして、自分の呼びかけに応えてくれるのかどうかもわからない。しかし、それを型のレベルに高めて行うことで、安定感が生まれている。だからこそ、執拗に出だしの「〜は」という形に立ち返る必要があるのです。その執拗さがときに怨念のように感じられることもあります。四川大地震のことを描いた「堰止め湖」(『石の記憶』)という作品の終わり方は典型的です。

一万年後　お前は――そのときの人々に
感嘆され称賛される景色になっているかも知れない
しかし　私は――この詩を証として書き残しておきたい
西暦二〇〇八年五月のお前は――
何億もの人々の涙が溜まってできたものであることを

「お前は」「私は」という言い方が交互にあらわれることで、両者の拮抗する力がぶつかりあっているように感じられます。こうなると、もはやどちらの怨念なのかも判然としない。ちょうど「夢の中の木」が「私」の話なのか「木」の話なのかわからなくなるのと同じで、その言葉が誰のものかは問題でなくなってしまう。「誰なのか?」よりも大事なのは、「〜は」という言葉の枠そのもの、型そのものなのです。型こそが語りを生かし、詩を生かす。そういう意味では、古来からあった時間や空間の威力に抗して語ろう、記録しよう、刻みつけようとする人間的な抵抗の、もっとも原初的な方法がそこにはあらわれていると言えます。人間を越えたいといういかにも人間らしい欲望が、詩の型にはむき出しになっているのです。

「夢の中の木」『そうして岸が誕生した』思潮社、二〇〇四年

「田舎町」「狂騒曲」「堰止め湖」『石の記憶』思潮社、二〇〇九年

田原（でんげん　ティエン・ユアン、一九六五年〜）中国の詩人、翻訳家。日本語による詩集に『石の記憶』『そうして岸が誕生した』。

第10章

世界に尋ねる

――谷川俊太郎「おならうた」「心のスケッチA」「夕焼け」ほか

谷川俊太郎には困った

現代詩の書き手としては、谷川俊太郎はおそらくもっともよく知られた人です。ほとんど詩など置かないような町の本屋さんでも、谷川詩集だけは何冊もある。ふだんは滅多に詩など載らない新聞でも谷川の詩だけは別で、でかでかとスペースをとって掲載される。国語の教科書でも定番です。みなさんも小学校、中学校、高校と何度となくその作品と出会っているはずです。

これだけ有名なのだから、きっと谷川俊太郎は現代詩そのものなのだ、と思いたくなるところです。彼こそ、ザ・口語自由詩。日本語の詩を象徴する存在なのではないか、と。ピラミッドの頂点にいる人なのではないか、と。しかし、それは大きな間違いです。彼はほかのどの詩人とも似ていないし、そういうピラミッドとか、象徴とかいうくくり方とも無縁です。

実は、この本にとっては谷川俊太郎はむしろ困った存在なのです。これまでいろいろと説明してきたことも、谷川についてはうまくあてはまらないことがけっこうある。中でも大きな問題は、彼が詩を信じていないことです。もっと言えば、言葉を信じてない。こんな詩人いるでしょうか。

この本を振り返ってみると、私はみなさんに「怖がらなくていいよ。さあ、どうぞ詩に近づいておいでなさい」という口ぶりでお誘いの言葉を連ねてきました。みなさんの恐怖心や嫌悪感や違和感を取り除くために、あの手この手で説得をつづけ、日常生活にまで踏みこんだ議論をしました。それもこれも、なるべく詩を身近に感じてもらうためです。詩に対する疑いを取り除き、騙されてみてもいいかな……という気持ちになってもらうためです。そうすれば、詩が苦手なみなさんも「はじめの一歩」を踏み出してくれるかもしれない。ところが谷川俊太郎は、そんな私の企てをひっくり返してしまう。私が一生懸命つらねてきた説得をご破算にする。

しかし、それほど心配する必要もないのかもしれません。というのも、谷川俊太郎が他の詩人と異なる今ひとつの点は、その作品がほとんど説明を必要としないということだからです。作品を一字一句とりあげていちいち解説などしなくてもいい。難しい批評用語を駆使してあれこれ論じる必要もない。彼は放っておいても読まれる詩人なのです。つべこべ理屈をならべずとも、さあ、読め、と言えば事足りる。だからこの本でも谷川俊太郎については、何も言わなければいいのです。そうすれば、せっかく重ねてきた説明をみすみす蹴飛ばされることもない。

ただ、谷川俊太郎の作品について語ることは、「詩」とは何なのかについてあらためて考えるのにおおいに役立つとも私は思っています。谷川が他の詩人といかに異なるかを確認することで、逆に、ほかの現代詩がどういう場所で勝負しているかが見えてくる。谷川俊太郎の作品は「理解しよう」などと構えなくても、すっとこちらの中に入ってきます。そういう「理解」について、ちょっと立ち止まって「なぜわかるんだろう?」と問うてみたらどうでしょう。そうして、「谷川の詩がすごくわかるということは、何を意味するのだろう?」とも問う。それがひいては、「なぜ多くの詩人は、谷川俊太郎のようではないのか?」とか「谷川俊太郎のようには書かないことで、彼らはいったい何をしようとしているのだろう?」といった問いともつながってくるのです。

谷川俊太郎はなぜこんなにわかりやすいのか?

なぜ谷川の作品はわかりやすいのか。それを例をあげながら順番に確認していきましょう。まず次の詩を読んでみてください。

　　おならうた

いもくって　ぶ
くりくって　ぼ
すかして　へ
ごめんよ　ば

おふろで　ぽ
こっそり　す
あわてて　ぷ
ふたりで　ぴょ

言うまでもなくこの詩のわかりやすさは、言葉の平易さからきています。わかりやすい語と単純な構文だけで書かれていて漢字もなくぜんぶ平仮名だから、小さな子供や日本語にそれほど詳しくない非日本語圏の人でもわかるでしょう。しかもすごく短い。これなら集中力ももつ。

もちろんリズムも大事です。音読してみればわかるように、「いもくって、ぶ！　くりくって、ぼ！」という進行感は実に軽快で、覚えようとしなくてもいつの間にか覚えてしまうほど、こちらの舌や口や手足ともなじみがいい。頭でわかる前に、まず体が言葉をわかってしまう。

しかし、それだけでしょうか。「わかる」というのは意外とやっかいなことです。人間というのは面倒くさい生き物で、簡単ならわかるというものではない。簡単すぎてかえってわからないということもある。そのことを確認するために、ちょっとした実験をしてみましょう。たとえば、この「おならうた」が次のように書かれていたらどうでしょう。よりわかりやすくなるでしょうか？

いもくって　ぶ
いもくって　ぶ

いもくって　ぶ
いもくって　ぶ
いもくって　ぶ
いもくって　ぶ

言葉の種類がより少ないからより簡単になったかというと、そんなことはない。おそらく「おならうた」というタイトルの詩がこのようなものであったら、多くの人は「よくわかんないなあ〜」という感想を持つのではないでしょうか。

でも、こんなに簡単な言葉で書かれているのに、どうして「よくわかんないなあ〜」なのでしょう。おそらく「よくわかんないなあ〜」とつぶやく人は、「それで?」という思いを持っているのです。つまり、この偽の「おならうた」には「それで」が欠けている。もう少し平たい言葉でいうと「おち」や「イミ」がわからない。何を読んだのかがわからない。

ひるがえって谷川俊太郎による本物の「おならうた」を見てみると、たしかに「おち」や「イミ」は豊富です。もっとも目につくのは最後の「ふたりで　ぴょ」というところでしょう。それまでの「ぶ」「ぼ」「へ」「ば」「ぽ」「す」「ぷ」は、まあ、「おならはこんな音がするものだ」という私たちの予想の範囲におさまるものです。でも、最後の「ぴょ」だけはちょっとちがう。「ぴょっていうかなあ?」と思わせる。でも、ひょっとするとそういう音が聞こえるかもしれない。ある種のおならは「ぴょ」かもしれない。あるいはふたりでいっぺんにおならをすると共鳴するということもあるのでしょうか。それとも、ふたりでいっぺんにおならしてしまって、びっくりして「ぴょ」となるのか。「げ」「あら」「どき」というような、いわば心理の音が「ぴょ」なのかもしれない。いや、仲のいい友達や恋人同士が親密な空気の中にいると、どんな音も「ぴょ」というかわいらしい響きに包まれてしまうのかもしれない。

……なんていうことを考えるだけで私たちはすでに詩人の術中にはまっています。谷川は「おち」の達人です。いろんな技をもっています。とりわけ彼がすごいのは、通常の「謎を提示してそれを解決してみせる」という「おち」の型とはひと味ちがう形で落としどころをつくれること、それから、目にもとまらぬスピードで「おち」をつけられることです。この「おならうた」でもその辺がとてもうまく行われています。

そのメカニズムをもう少し詳しく確認してみましょう。「いもくって　ぶ／くりくって　ぼ……」という連続を読んでいるうちに、いつの間にか私たちは「自分」という枠をこしらえてしまいます。それはこういうことです。みなさん同意してくださると思いますが、「おなら」という生理現象はできれば他人には聞かれたくないものです。公の場で堂々とおならを鳴らせるのは、相当な大人物です。だから、おならというだけで、私たちは「こっそりやるもの」という先入観がある。実際、六行目には「こっそり　す」ともあります。

そういう意味ではこれはとても「詩らしい詩」だと言えます。日本語の現代詩は、何より「ひそやかな自分」と結びついてきた。公の言葉になる以前の、個人の心の底にあるもやもやしたもの、黒くて気持ちが悪いもの、ひりひりする切実なものを、恥ずかしさを乗り越えてやっと口にするのが詩というものだった。これは第5章でも説明しました。

それで私たちは無意識のうちに「ひそかにおならにこだわる『私』」なるものをここに読んでしまうのです——そうとは知らずに。ところが最後の行にきて、いきなり「ふたりで」とあってびっくりする。ここで私たちは、「ふたり」という語の意外性に打ちあたることで、そもそも自分が「おなら」と「私」とを深く結びつけていたことを今さら思い知って、二重の意味でびっくりするわけです。

しかも、その音が「ぴょ」ときている。今までのおならの音は、それなりに写実的でした。おならをする状況や、お尻の感触も想像できた。しかし、「ぴょ」というのはどういう音か？　写実的なのか？　心理主義か？　あるいはファンタジーだろうか？　と私たちは戸惑う。混乱する。

しかし、次の瞬間、私たちはしてやられたことに気づくのです。そうだ、そうだ、とうなずく。そもそもこの詩は冗談なのだ、まじめにとりあうだけばかばかしい。「ぴょ」なんてまったくふざけた、漫画みたいな音じゃないか。子供だましもいいところだ、と。

ところがこんな感慨もまた詩人の術中にはまっているわけです。だって、ばかばかしいというけど、みなさんはけっこう本気でびっくりするからです。「ふたり」とか「ぴょ」とか言われて、言葉にならないくらいどきっとした。最初からいかにもばかばかしそうな詩を読ませておいて、それでもどきっとさせるなんて、谷川俊太郎という人はほんとうに人が悪い。

では、この「どきっ」はいったい何だったのでしょう。おそらくそれは「そうでないもの」への入り口だったのです。「詩」でないもの。「私」でないもの。谷川俊太郎の「おち」が、「おちへの階段」を登った末にたどり着かれるものではないとはそういうことです。たしかに出発点には「詩」や「私」

が設定されているのですが、彼はそれをぜんぶひっくり返してその外に出てしまうのです。テイヤ！とばかりにぜんぶ転覆させる。「詩」につきまとう「ひそやかな私」をひっくり返し、「こんなのジョークだよ」というライトヴァース的な安心感もひっくり返す。

人はいつ「わかる」のか？

今の例からも明らかなように、谷川俊太郎の「わかりやすさ」の根本にあるのは「わからなさ」なのです。最後に「ぴょ」というわからなさに行き当たるからこそ、私たちは「なるほど！」と思う。何とも変な話です。あれ？　あれ？　と戸惑うおかげで、かえってわかった気になるなんて、なんとマゾヒスティックな。でも、先にも言ったように、人間というのはほんとに面倒臭い生き物なのです。人が「わかる」と感じるためには、どこかで「わからなさ」とぶつかったり、それを横目で見たり、乗り越えたりしないといけないようなのです。

そもそも「わかりやすい」などということを話題にした時点で、私たちは谷川俊太郎的世界に足を踏み入れているのかもしれません。一般に現代詩では「わかる」などということはそれほど問題にならない。この本でも「詩がわかる」という言い方は極力避けてきました。「わかるかどうか？　頭でわかる必要なんかないさ。そんなの、知ったこっちゃないよ」というのが現代詩人のスタンスです。現代詩では、論理や慣習といった通常のわかり方を飛び越えた言葉の使い方をするのが、むしろ当たり前なのです。

これに対し私たちは谷川の詩を読むとき、自分でも気づかないうちに、わかろうとしている。それはいったいどうしてでしょう。そこには仕掛けがある。たとえば「おならうた」の「いもくってぶ」は、「いも」と「ぶ」からなっています。そこには、「問：『いも』ときたらなんと解く?」「答：『ぶ』です!」という問答の形がひそんでいる。私たちは知らず知らずのうちに、問いに答えようとしているのです。「じゃ、くりの場合は?」「すかしは?」という問いがいちいち私たちの前に立ちあがってきて、私たちは忙しくそれに対する答えをさがしつつも、結局は詩人に先をこされて「なるほど」と相づちを打つわけです。この〝なるほど感〟のおかげで、私たちは「わかった」と思うのではないか。

それだけではありません。「ぶ」ときたら、次は何だろう? あ、「ぼ」か。じゃ、「ぼ」の次は?……というふうな問いも連鎖しています。このように「次はいったいどうくるんだろう?」という「見えない問い」の連鎖を仕組むことを谷川俊太郎は得意としています。他にも以下のような例があります。

名を除いても
人間は残る
人間を除いても
思想は残る
思想を除いても
盲目のいのちは残る

（「除名」より）

禁酒禁煙せぬことを誓う
いやな奴には悪口雑言を浴びせ
きれいな女にはふり返ることを誓う
笑うべき時に大口あけて笑うことを誓う
夕焼はぽかんと眺め
人だかりあればのぞきこみ
美談は泣きながら疑うことを誓う
天下国家を空論せぬこと
上手な詩を書くこと
アンケートには答えぬことを誓う
（「年頭の誓い」より）

「人間」「思想」「いのち」と言葉がつづくときに、私たちは「〈人間〉の次は何だろう？　そうか〈思想〉か。じゃ、〈思想〉の次は？」というふうにいちいち問答に巻き込まれています。「念頭の誓い」でも、「〈禁酒禁煙せぬこと〉とあって、〈いやな奴には悪口雑言を浴びせ〉ときたら、その次はいったい何だろう？」と期待感が涌いてくる。

ここでは列挙がとてもうまく使われています。第３章でもふれたように、列挙は他の詩人にもしばしば見られる手法ですが、谷川俊太郎の大きな特徴は、ごくわずかの列挙をしただけでまるで世界全体を語り尽くしたかのような広大さを生み出すことができるということです。今あげた例でも、「除名」では、「名」「人間」「思想」といった名詞を通して途方もない全体が語られているし、「年頭の誓い」でも、「いやな奴」「きれいな女」「笑うべき時」「夕焼」というふうにより身近な言葉を通して、やっぱり果てしない全体を語っている。

谷川俊太郎の問いの方法

ということは、谷川の「見えない問いの連鎖」の根本に隠れているのは、全体をめぐる問いなのかもしれません。連鎖をつづけることで、彼はつねに「さあ、いよいよ全体を言い尽くすぞ」というような勢いを見せつける。私たちはそこに反応しているのではないでしょうか。つまり、私たちが「わかった」と思うためには、そもそも「全体がある」ということが前提とされたうえで、その「全体」を言い尽くす身振りが示されなければならない。

谷川はその両方を行っているようです。まず第一段階としてすごくざっくばらんな態度をとることで、「奥ゆかしさ」とか「曰く言い難さ」などをすっ飛ばして、「ああ、これでぜんぶか」とこちらに思わせる。警戒を解くのです。「名を除いても／人間は残る」とか「禁酒禁煙せぬことを誓う」といったような、実に歯切れのいい冒頭部はその典型です。信用していいのだな、と私たちは思います。この詩はきっとこれでぜんぶなのだ、嘘やてらいはないのだ、と思う。

そして第二段階として、切れのある展開部をつなげる。「名を除いても／人間は残る／人間を除いても／思想は残る」というふうに話が飛躍しつつ発展すると、私たちは「とても追いつけない」という諦めの気持ちを抱くでしょう。詩人の言葉がその俊敏さと広がりゆえに広大無辺さを示唆する。

つまり、一方で私たちは全体があることの安心感にひたりたい。こちらを出し抜かないような揺るがぬ土台が欲しい。その土台をしっかりと踏みしめたい。しかし、他方で全体はそんな簡単なものじゃないことを知っている。一八世紀のヨーロッパでは「崇高」という概念が流行りましたが、それは私たちを恐怖のどん底に突き落とし無力感を味わわせることで全体の力を思い知らせるための装置でした。つまり、私たちは敗退し、不可能を実感しなければ、全体を知った気にはなれない。だから安心するだけではもの足りないのです。詩の言葉に安心することで「やっぱり全体はあるのだ」と確信しつつも、その全体の前に敗北しついにその全体を取り逃すことで、逆にその全体の「全体らしさ」を実感する。

なんと面倒くさい！

しかし、谷川俊太郎の詩はそのあたりの手続きを、実にスマートに済ませてみせるのです。全体に安心しつつ、全体を諦める。私たちが「わかった」「なるほど」と思うのはそのためではないかと思います。

そんなに身軽な言葉で大丈夫？

このあたりのことを引き続き考えるために、谷川の名詞にさらに注目してみましょう。次にあげるのは「心のスケッチＡ」という作品です。

一本の線を書く
もう一本の線を書く
また一本の線を書く
そうしてまた……
一束の線に
いかなる記号も象徴も見ず
黙っている
それが髪になり
草になり
流星になり
水になるのを
楽しんで
ただ文字になることだけは
決して許さず
一碗の茶を
飲みながら

先ほどと同じくこの作品でも言葉がとても身軽なのが印象的です。出てくる主な名詞を拾ってみると、「心」「一本」「線」「記号」「象徴」「髪」「草」「流星」「水」「文字」「一碗」「茶」といった具合なのですが、どの名詞にもほとんど修飾語がついておらず、説明もない。「線」はあくまで「線」。「髪」はあくまで「髪」。「文字」もあくまで「文字」です。言葉がまるで辞書からそのまま飛び出してきたかのようで、文脈や背景や歴史といったしがらみからも自由。抽象的にさえ聞こえる。無菌の言葉に見える。まさに線の束なのです。

でも、これは決して悪い意味ではありません。こんなふうに言葉がほやほやのナマな状態にあるおかげで、読者は言葉の相貌に威圧されることがない。「しがらみ」の多い言葉は、しばしば〝一見さんお断り〟という風情を漂わせています。読者に対し、「お前、どこのもんだ?」「オレの何を知ってる?」とすごんでくるのです。そういう詩では、私たちはこの「しがらみ」の余韻を読むことを期待されている。「しがらみ」は最終的には、詩人自身の「しがらみ」の奥底にまでつながっていくものです。詩人の抱えている掛け替えのない「私」に連絡している。そんな奥底の薄暗いものなど、そう簡単にわかるわけがないし、言葉にもできない。でも、伝えたい。だから、その薄暗さも含めて詩人は言葉にしてしまおうとするわけです。薄暗さやわかりにくさを、複雑な「しがらみ」に託して。結果、言葉にはいろんなものが付着し、重たくなる。ややこしくなる。そういうわけで文学の言葉は、いろんな付着物や漂着物のためにわかりにくくなるのが通例です。わかりにくさにこそ、表現のポイントがある。

これに対し「しがらみ」から自由な谷川俊太郎の言葉はとてもわかりやすい。でも、こんなに身軽でほんとうに大丈夫なのか？　と心配になる人もいるかもしれません。第8章でも触れましたが、言葉に〝リアル〟な響きを与えるためには言葉を汚すのがいい。谷川の言葉はとてもきれいで、従って、通常の意味でのほんとうらしさに欠けるかもしれません。「心のスケッチA」でも「それが髪になり／草になり／流星になり／水になるのを／楽しんで」とありますが、これを読んで「いかにも髪だなあ」「いかにも流星だなあ」と思う人はいないでしょう。むしろ詩人はほんとうの「髪」や「流星」からは遠く隔たったところで語っているように見える。

しかし、ここも谷川が他の詩人たちとおおいに異なっている点なのですが、彼はほんとうらしく聞こえないことをまったく恐れていないのです。ほんとうらしく聞こえるとは、いかにも現実に起きているように、いかにも過去にあったように、いかにも自分にかかわっているように、いかにも「私」が語っているように、いかにも「私」がほんとうに思っているように……ということです。つまり「ほんとうらしく」とは、詩人が自分の言葉に誠実であるための必須の要素です。そう簡単に放棄できるはずがない。だからこそ、ほとんどの詩人はそこに賭けている。ほんとうらしく語ることこそが目標になる。言葉を思い切り汚して、自分だけの匂いを発生させようとする。ところが谷川俊太郎はそんなのどこ吹く風。自分の匂いなどには、まるで興味がないように見える。

彼はそんなところでは勝負しようと思っていないのです。でも、勝負そのものを捨てているわけではない。自分の匂いを語ることに興味がないかわりに、彼は世界に興味を持っている。世界をいかに理解しようかといつも考えている。何しろ読者をいつの間にか問答の中に巻きこんで、「どうだ、わかるか？」と問うてしまう人ですから、自分にもやっぱり「どうだ、わかるか？」といつも問うている。

「心のスケッチA」はそのような勝負を言葉にした詩ではないかと私は思っています。「それが髪になり／草になり／流星になり／水になるのを／楽しんで」という抽象的な風景から読みとれるのは、世界をこんなふうに語ったらどうだろう？　あんなふうに喩えたらどうだろう？　と試行錯誤している詩人の姿です。

しかし、彼は同時に警戒してもいます。そういうふうな喩えがほんとうのように見えてしまうことを。そこから匂いが立ってしまうことを。だからこそ、「ただ文字になることだけは／決して許さず」というわけなのです。なぜでしょう。なぜそこまで慎重になるのか。しかも、そのあとにはいかにも皮肉な風情で、「一碗の茶を／飲みながら」とつづけている。まるで「わかること」を疑う自分をも疑っているかのようです。どうしてそこまで疑り深くなるのか。「世界がわかった」と思った瞬間に、私たちが世界を取り逃してしまうからなのでしょうか。全体に安心しつつもつねに圧倒されなければならないからでしょうか。そうやっていつも疑っていなければ、私たちは世界のことなどわからないというのか。でも、ここでも私たちは谷川の術中にはまっています。だって、そんな問いを重ねてわかろうとする時点ですでに、私たちは十分にこの詩を読んでしまっているのですから。

なぜ詩を信じないのか？

この章の冒頭で私が言ったことの意味はすでにおわかりでしょう。谷川俊太郎は詩を信じていない。

それは言葉に匂いを発散させるような現代詩のあり方から距離をおいているということです。だから「おならうた」なんていう、匂いを弄ぶような詩が書ける！　かわりに彼は、徹底的に匂いのない言葉で詩を書くのです。荘厳に匂いを出すことよりも、問うことを彼が優先したいからです。なんだ、と言う人もいるかもしれません。そんなに問いを立てたいなら、なぜ詩なのか？　と。問うたり疑ったりしたいなら、散文のほうがいいのではないか、と。詩は疑うよりも、耽ったり浸ったり住みついたりするためのものでしょう。

たしかに谷川俊太郎の詩はときに限りなく散文に近くなることがあります。単に形のうえで散文風になるだけでなく、その精神からしていかにも散文的。「夕焼け」という詩に次のような一節があります。

知らず知らずのうちに自分の詩に感動してることがある
詩は人にひそむ抒情を煽《あお》る
ほとんど厚顔無恥と言っていいほどに

読みようによっては、これは散文的な立場から詩をやっつけた一節に聞こえます。詩の弱点を見事に突いている。たしかに「感動」を武器にする詩には独特のいかがわしさがつきまとう。「知らず知らずのうちに自分の詩に感動してることがある」なんて、ずいぶんうまく言ったものです。詩人のナルシシズムを暴くだけでなく、詩の言葉の危険なほどの力を示している。しかも、そんな自分を見つめる語り手の意識の強さも伝わる。「詩は人にひそむ抒情を煽る」という行も鋭い。詩を読む人はときにとても無責任なのかもしれない。

でも、この作品はこれで終わるわけではないのです。あとにつづく最後の二連を引用します。

「文学にとって最も重要な本来の目的のひとつは
道徳的な問題を提起することだ」とソール・ベローは言ってるそうだが
詩が無意識に目指す真理は小説とちがって
連続した時間よりも瞬間に属しているんじゃないか

だが自分の詩を読み返しながら思うことがある
こんなふうに書いちゃいけないと
一日は夕焼けだけで成り立っているんじゃないから
その前で立ちつくすだけでは生きていけないのだから
それがどんなに美しかろうとも

ソール・ベローのところはまだ散文とそれほど区別がつかない。でも、次の連のとくに「一日は夕焼けだけで成り立っているんじゃないから／その前で立ちつくすだけでは生きていけないのだから／それがどんなに美しかろうとも」というところは、なかなか散文の中では生まれにくい一節です。絶妙です。何しろそこでは、表向き言っていることと、それとは正反対のこととが両方いっぺんに語られているのです。「夕焼けにだまされるな」と言う一方で、「やっぱり夕焼けの前で立ち尽くしていたい」とも言っている。

散文の言葉には潔さが要求されます。白黒はっきりさせろ、と言われる。いや、そもそも人間というのは、ほとんどの状況で白黒はっきりさせることを要求されるものです。でないと社会の中では危険な目にあったり、損をしたり、ずるいと非難されたりする。でも、言葉も人間も、そのためにとても不自由です。言葉も人間もどこかに危険で、不器用で、浮気っぽく、嘘つきで、ずるいところがある。それをおさえることで、何とかかんとかやっているだけなのです。

詩の言葉は――少なくとも谷川俊太郎の詩は――そこのところを突く。何しろ彼の詩は、自分よりも「全体」を語ろうとするのです。そのために、人がふだんは触れないような痛い部分や隠された部分まで暴いてしまう。そうすることでほんとうの全体に到達しようとする。でも、ぜんぶを言えばいいというものではありません。全体は、なかなかすばしっこい。ぜんぶを言えば全体が語れるというものでもないし、そもそも数十行の詩でぜんぶなんて言い切れるわけがない。だからいろいろな技を駆使することになる。

彼が「どきっ」とさせることを好むのはそのためです。全体を語るぞ、語るぞ、と見せかけておいて、ぱっとそこから飛び立つ。それまで積み重ねてきた「次はどうくる?」という問いの連鎖をぱっと投げ捨て、いきなり別の言語で語り始めるのです。そうすることで全体の果てしなさを生む。

そんなことが詩では許されるのです。突然言葉のモードを切り替えたり、正反対の内容のことを一度に言ったり、別の言葉になりすましたり。例の有名な「かっぱ」の詩はまさにそうでしょう。

かっぱかっぱらった
かっぱらっぱかっぱらった
とってちってた
かっぱなっぱかった
かっぱなっぱいっぱかった
かってきってくった

「河童」「かっぱらった」「菜っ葉」「買った」「一把」「切って」「食った」といった言葉の一群がお互いに混じり合い、なりすまし合う。駄洒落にすぎないかもしれないけれど、おかげで言葉が少しだけ自由になる。ふだん、きまじめに一つのことだけを言うよう強制されている言葉が、つかの間、「そうでないもの」になる。言葉を使う人間にもわずかな間だけ不真面目が許される。

谷川俊太郎が自分の匂いを出さないのも、このような技と関係あるかもしれません。彼は一つの自分でありつづけることに安心するよりも、いろんな自分になれることを楽しもうとする。中には怨念のかたまりのような作品を書き続ける詩人もいます。これだけは言わずに死ねない、と。谷川だって愛も怨念もあるだろうし、言いたいこともあるとは思うのですが、彼はそれをそのまま言うことで自分の一貫性を詩の中に彫刻するよりは、詩を通して言葉が揺らいだり、自分が別の自分に変身したりすることを楽しんでいると見える。彼は詩に生命を与えるために生きているのではなく、詩に生命を与えられるために生きているようなのです。できあがった言葉や詩にすがりついたりしない。言葉も詩も、彼にとってはどんどん流れ、変化していくものなのです。どんどん生まれ、死んでいく。こだわり始めたが最後、詩の言葉は力を失うかもしれない。谷川俊太郎が言葉や詩を信頼していないというのはそういう意味です。そんなもんじゃないだろうと疑いつづけることでこそ、彼は言葉を生かすのです。

「おならうた」「除名」「年頭の誓い」「心のスケッチA」「夕焼け」「かっぱ」『自選 谷川俊太郎詩集』（岩波文庫、緑一九二-一）岩波書店、二〇一三年

谷川俊太郎（たにかわ しゅんたろう、一九三一年〜）詩人、翻訳家、絵本作家、脚本家。詩集に『二十億光年の孤独』『日々の地図』『シャガールと木の葉』など。

読書案内

詩は狭い「詩」の中にあるとは限りません。むしろ「詩」という囲いの外に出ることをこの本では目指してきました。そのような出会いのための読書案内を限られたスペースで行うのは容易なことではありません。何しろ「詩」の外の詩は、知のあらゆる領域におよぶものだからです。詩作品でなくとも、あるいは文学作品ですらなくとも、たとえばハイデガーの『存在と時間』に詩を見いだす人もいるでしょう。ホイジンガの『ホモ・ルーデンス』に詩があるという人もいるかもしれません。ソシュールでもユングでも、あるいは小林秀雄でも柄谷行人でも木村敏でも池上嘉彦でもいい。どんな領域の言葉でも、それが研ぎ澄まされた輝きを持つとき、詩と出会うことは可能です。

そして、もしどの道を行ったらいいかわからない、迷ってしまったと感じることがあるなら――ちょっと嬉しい気分でもあるでしょうが――私たちの水先案内人の役割を果たしてくれるような、いわゆるストリートワイズな賢人の意見に耳を傾けるのもいいかと思います。私個人の話をすると、文字通りまだ右も左もわからなかった学生時代にいろいろな方向を示してくださったのは由良君美先生でした。そもそもほんとうの詩は「詩」の外にあるという考え方を、私は由良先生から学んだような気がします。由良先生の御弟子であるかないかにかかわらず、由良的なものを受け継いだ方、共有しておられる方はあちこちのフィールドにおられます。そういう人を見つけようと目をこらすだけでも視界が開けるような気がします。

＊

とは言ったものの、せっかく詩を話題にした本ですから、狭義の「詩」との付き合い方にも触れておきたいと思います。はじめての方は詩集を通読するのがたいへんだと感じられるかもしれません。詩人はたいてい強い個性を持っていますから、相性が悪いということもありうる。だから、まずはいろんな詩作品を集めたアンソロジーを手に取ることをお薦めします。たとえば『現代詩の鑑賞101』（大岡信編）、『日本の現代詩101』（高橋順子編著）、『現代日本　女性詩人85』（高橋順子編著）といった新書館のシリーズは、それぞれコンパクトな体裁ながらそれなりの数の詩人を採っているのが特徴で、簡潔な解説もついているので便利です。小池昌代の編になる『通勤電車でよむ詩集』（日本放送出版協会）は、タイトルの通り電車の中で読めるような短くやわらかい、しかし、日常に鋭く穴をあけてくれるような作品を実に上手に選んでいます。茨木のり子の『詩のこころを読む』（岩波ジュニア新書）は、詩人による読解の導きとともにさまざまな詩作品が紹介されていく本ですが、やはり作品の選び方に詩人の個性が出ていて、そのやわらかい語り口とあいまって若い層にも読みやすいと思います。

また、いわゆる詩の入門書（この本も、私がつべこべ言ったところで結局はそう分類されるとは思いますが……）には、しばしば著者の思い入れのある作品が取り上げられているので、アンソロジーとしての役割を果たすことも多いでしょう。思潮社から出ている「詩の森文庫」のシリーズは詩人による詩についての文章を集めたもので、吉野弘『詩のすすめ』をはじめ、入門的な著作も多数含まれています。

おもしろいのは、この吉野宏の著作にしてもそうですが、詩人は詩への入門という考えにどこか懐疑的でもあるということです。そして、むしろそのあたりが読みどころになっている。本書でもとりあげた荒川洋治の『詩とことば』（岩波現代文庫）もまさにそうですし、著者が折に触れて書いた文章を集めた谷川俊太郎『詩を読む――詩人のコスモロジー』（詩の森文庫、思潮社）は、いかにも谷川らしい言葉に対する警戒心があちこちに見え隠れして、はっとしたり、びくっとしたり、笑ったり、とにかくいろんな体験のできる本です。

＊

もちろん外国語の詩も是非手にとっていただきたい。英語の詩については拙著『英詩のわかり方』（研究社）で解説していますので読んでいただければ幸いです。外国語の詩論となると数はさらに多いですし、文化的背景が理解しにくい場合もあり、どうしてもハードルが高くなるかもしれませんが、たとえばJ・L・ボルヘス『詩という仕事について』（岩波文庫）は講演を元にしたものということもあり、わりにわかりやすい言葉で丁寧に著者の考えが述べられています。またT・S・エリオットは二十世紀前半に活躍した人ですが、そのエッセイはまだまだ精彩を放っていると思います。絶版なので手に入りにくいかもしれませんが、『エリオット全集』（深瀬基寛編訳、中央公論社）や『文芸批評論』（矢本貞幹訳、岩波文庫）など翻訳もあります。一般に詩についての専門的な著作はレトリックも重装備で一般の方には近づきがたいことが多いのですが、エリオットの詩論はまだ批評が今のように理論武装する前のもので、今読んでもこちらの懐に入ってくるような柔軟性を感じます。なお、英米では二十世紀のはじめにエリオットに加え、ウィリアム・エンプソン、I・A・リチャーズ、クリアンス・ブルックスといった人たちが詩を批評の言葉で語るための土台づくりをしており、その後のマルクス主義批評、フェミニズム批評、ポストコロニアル批評などの先鋭な論者たちに、基本的な「道具」を提供してきたという歴史があります。最近のものではテリー・イーグルトン『詩をどう読むか』（川本皓嗣訳、岩波書店）などを見ても、二十世紀前半の批評の果たした役割の大きさを痛感します。

もし実際に外国語の詩を覗いてみたいと思ったら、『イギリス名詩選』（平井正穂編、岩波文庫）、『アメリカ名詩選』（亀井俊介・川本皓嗣編、岩波文庫）などのアンソロジーから始め、同じ岩波文庫から出ている対訳シリーズや研究社小英文学叢書の注釈付きテキストで個々の詩人の作品に挑戦してみるのもいいでしょう。私は英米文学を専門にしているのでどうしても英語びいきになってしまいます。シェイクスピアはもちろん、ワーズワス、キーツといったロマン派、ディキンソン、ホイットマンなどのアメリカ詩人の作品は是非手にとって欲しい。でも、正直言うと日本人の感性にはボードレールのようなちょっとひねりの効いた自意識過剰なフランス詩人もけっこうアピールするとは思っています。

その他の言語についても、新潮文庫、角川文庫、思潮社や土曜美術社の海外詩のシリーズなどにさまざまな言語からの翻訳がおさめられているのでチャレンジしてみてください。

おわりに――詩の出口を見つける

冒頭で私は、この本は詩に入門するためのものではありません、と宣言しました。最後まで約束は守りたいと思います。この詩を読め、あの詩人を尊敬せよ、といったことは言いません。無理に詩の読み方を押しつけるつもりもありません。何より強調したかったのは、私たちの日常が、私たちのふつう考えている以上に詩的なものとつながっているということでした。遠いありがたい「詩」の世界に一生懸命入っていかなくても、ふだんの日常の中に詩のタネは隠されている。

そのうえでたまたま詩を読んでみる。詩集を手に取ってみる。そんなことがあってもいいでしょう。それはもはや入門ではなく、詩との遭遇です。門を叩かなくてもいい。詩は門の外にあるのです。

*

そんな詩との遭遇を通して作品に興味をもたれた方々に、最後に付け加えたいことがあります。以前、『英詩のわかり方』（二〇〇七年）という本でも強調したことですが、詩には書く人の生理的な特徴がかなり強烈に刻印されているものです。とくに詩を読み始めてすぐの頃は、詩にあらわれた匂いのようなものがすごく気になる。作品や書き手との相性もはっきり出る。中には問答無用におもしろいと思える詩もあるでしょうが、周囲の人がおもしろがって読むわりに自分にはどうしても楽しめない、いや、気分が悪くなるものだってある。

そういうときはやせ我慢はやめましょう。今、読まなくてもいい。まずは自分の体質に合うものから手にとってはいかがでしょう。

体質ということでいうと、詩人にはだいたい二通りいます。

一方には言葉の遅い詩人。どちらかというとその言葉が読者より〝遅れてくる〟と感じられる詩人です。読む人の方が先を歩き、詩は後から追いついてくる。読者は少しペースを落としたり、聞き耳を立てたりしないと、なかなかその詩の世界には浸れない。忍耐がいる。こういう詩人は、詩人なのに言葉少なで、もの静かで、一行にせいぜい五字から十字くらいしかしゃべらない。「自分にしゃべれるのは詩の言葉だけだ……」というような追い詰められた頑なさがあって、ひとつひとつの言葉へのこだわりも強く、どうしてもこうでなくちゃいけない、と寸分のスキもない語りになっている。自分のやり方は決して変えず、読者が自分のペースに合わせてくれるのを待っている。

こういう詩を読むときには、書いた人の生理や神経に没入することになる。密着型です。読むことと、好きになることとがかなり近接している。というか、好きにならないと読めないのかもしれません。でも、日本の近現代詩の主流は、たぶんこういう作品によって作られたのです。この本でとりあげたのもそういうものが多かったかもしれません。

しかし、これとは逆に、読者の一歩先を行くような詩人もいます。文字通り多弁でやかましい。どんどん先に歩き、読者だけでなく語る自分自身さえも置き去りにしてしまう。固有の文体だの生理だのということにはこだわっていないように見える。刺激と、強度と、変化が特徴で、読者もじっくり待つような忍耐はいらないかもしれないが、わあわあしゃべる早足の人を後から追いかけていくのはなかなかたいへんです。ときには適当に聞き流したりしながら、ちょっと隙間のあいたお付き合いをすることになる。このような詩人はたいてい「異色」などと呼ばれます。たとえば鈴木志郎康とか、ねじめ正一とか。

四元康祐もそんなタイプです。彼の詩は、詩とは思えないほど雄弁で、滑走的で、元気で、やかましいと思える。日本現代詩に特有の薄暗い病の香りがない。しかし、四元は一歩先を行くことでこちらの神経を逆なでしたりくすぐったりするタイプの詩人とも実はちょっと違います。遅れるにせよ、先回りするにせよ、現代詩は〝変な言葉〟で語ることを共通のルールとしてきたフシがありますが、これに対し四元は〝ふつう〟であることを恐れません。たとえば『言語ジャック』(二〇一〇年)という詩集が典型的なのですが、彼は無理して詩人であろうとはしないのです。むしろ、詩との間に距離を置いている。その作品からはいつも、「詩って変ですよねえ」という囁きが聞こえる。「詩人って変わってますね」「詩って何なんでしょう」「不思議です」「でも、妙におもしろくないですか?」「いじくっちゃいません?」という態度です。

例として『言語ジャック』に収められた「名詞で読む世界の名詩」という作品を見てみましょう。

秋　夜　彼方　小石　河原　陽　珪石　個体　粉末　音　蝶　影　河床　水
（中原中也「ひとつのメルヘン」）

蠅　時　部屋　静けさ　空　嵐　目　涙　息　攻撃　王　形見　遺言　部分　署名　羽音　光　窓
（エミリー・ディキンソン「蠅がうなるのが聞こえた——わたしが死ぬ時」亀井俊介訳）

あれ　何　永遠　太陽　海　見張り番　魂　夜　昼　世間　評判　方向　己れ　自由　サテン　燠
お前　義務　間　望み　徳　復活　祈り　忍耐　学問　責め苦　必定
（アルチュール・ランボー「永遠」宇佐見斉訳）

「世界の名詩」から、その「名詞」だけを引っこ抜いてくるとどうなるか？　という試みです。今引用した三つの詩以外にも、リルケや三好達治、金子光晴、ジョン・ダン、寺山修司、ガートルード・スタイン、北原白秋、さらにはスカギット族の歌謡に至るまで実に幅広い作品が登場します。名詞だけで詩を読むなんて、単なる遊びとも見える。でも、こんなふうに詩とかかわれるとは、ちょっとした発見でもあります。読んでいると、何かを体験したような、何かがわかったような気になる。いったいどういうことなのでしょう。

この「おわりに」で四元康祐の作品に触れるのは、もしどうしてもなじめる詩がないという人の場合、ひょっとすると彼の作品なら読めるかもしれないと思うからです。四元の詩の多くは、「詩の変奏」という形をとっています。必ずしも既存の作品のパロディとか、本歌取りといったことではありません。四元は私たちの中にある「詩」という常識そのものを変奏していくのです。しかも、そこには何ともいえない不思議な言葉の連なりが生まれている。「そうか、こんなふうにして詩とはありうるものなのだ」と、ちょうどクレーの絵をはじめて観たときのような感慨を持ちます。

「俺の『な』」(『言語ジャック』)という作品は、こんなふうに始まります。

俺の出番は正確に午後九時三分二十七秒であった。それより一秒早すぎても遅すぎても、極刑に処せられるのだ。俺のセリフ、というか受け持ちは「な」であった。それがどんな文のどんな単語に組み込まれるのか、母国語なのか外国語なのか、はたまた意味のない掛け声のごときものであるのか、もとより知り得る術はなかった。ともかくそれはひとつの音素としての「な」なのであった。

こんなところから出発して、詩ではやがて「全人民が声を合わせて、あるひとつらなりの声を響かせる」儀式が行われます。なにやら「胸が騒ぐ」という。いったい何なのでしょう。まるでサッカー場のウエーブ。

全人民が声を合わせて、あるひとつらなりの声を響かせる、あるものは神仏への祈禱だといい、またあるものは襲来する敵への威嚇、いやそうじゃない単なる暇つぶしのお巫山戯さと嘯く者もあったが、全体を知らされぬまま部分としての勤めを果たすのは、いつものこと——とは言いながら、なにやら胸は騒ぐのだった。

こんな具合で話は進みます。最後まで読んでもはっきり種明かしがあるわけではない。むしろ謎が深まる。ただ、何となく「全人民」などという言い方から、想定されている状況が想像されたりもします。人が「全体を知らされぬまま部分としての勤めを果たす」ような世界のことなのです。

九時前、我が町を人語の洪水が襲った。耳を聾する大音響のなかで、隣家の赤ん坊の泣く声と、どこかの犬の吠え声がくっきり聴きとれて、あれも然るべく定められたセリフだったのか。午後九時三分二十五秒、俺は深々と息を吸い込み、大きく口を開き、舌先をぴったり口蓋にくっつけて、我が「な」の出番を待っていた。

人間が「人民」と呼ばれる土地で、その集団的な熱狂のようなものが描かれている。何より印象深いのは、こんなふつうの言葉で、こんな不思議なシーンを書けてしまうということです。このようにふつうに書かれていれば、無理に「詩」と呼ばれて保護される必要もないのかもしれない。でも、こういう試みを「詩」というカテゴリーに入れることで、言葉の可能性のようなものが守られると私は思います。

いかがでしょう。最後に四元康祐の作品に触れることで、うまく出口を確保できたならと願っています。詩は入っていくためのものではなく、そこから出て行くためのもの。少なくとも、私がこの本で提示したかったのはそういう意味での「詩的思考」でした。それでもあなたが「詩」にとりつかれてしまったら。どうあがいても、「詩」から自由になれない、しかも、もっともっと「詩的」なものに囚われたいと思うようになったとしたら。それはまた別の話です。ひょっとするとあなた自身が詩を書くことになるのかもしれません。あるいは詩の研究者になるのかもしれない。あるいはただただ詩を読みふける人になるかもしれない。それもまた、悪いことではないでしょう。

＊

本書は既刊の『小説的思考のススメ――「気になる部分」だらけの日本文学』（二〇一二年）の姉妹編として企画されたものです。第９章は『田原詩集』（思潮社）の解説、第10章は紀伊國屋書店のウェブサイト「書評空間」の記事を元にしていますが、それ以外は書きおろしです。『小説的思考』と同時期に始められたものなので、作業開始以来、かれこれ四年はたったでしょうか。途中、さまざまな事情から執筆の時間がうまくとれず、すっかり計画が遅れてしまいましたが、今回も東京大学出版会の小暮明さんが辛抱強く付き合ってくださいました。あらためて感謝申し上げます。『小説的思考』のときは、タイトルをつけるのに小暮さんと二人で七転八倒しましたが、今回はお姉さんのおかげで、すぐにタイトルが決まりました。次女はいつも得をする、とよく言われますが、たしかにそうかもしれません。

二〇一三年一二月

阿部公彦

著者略歴
東京大学文学部教授．英米文学研究．文芸評論．1966年生まれ．東京大学大学院修士課程修了，ケンブリッジ大学大学院博士号取得．

主要著書
著書に『モダンの近似値』『即興文学のつくり方』（以上，松柏社），『英詩のわかり方』『英語文章読本』『英語的思考を読む』（以上，研究社），『スローモーション考』（南雲堂），『小説的思考のススメ』『詩的思考のめざめ』『善意と悪意の英文学史』『理想のリスニング』（以上，東京大学出版会），『文学を〈凝視する〉』（岩波書店，サントリー学芸賞受賞），『幼さという戦略』（朝日選書），『史上最悪の英語政策』（ひつじ書房），『名作をいじる』（立東舎），『英文学教授が教えたがる名作の英語』（文藝春秋）など．翻訳に『フランク・オコナー短編集』，マラマッド『魔法の樽　他十二篇』（以上，岩波文庫）など．

詩的思考のめざめ　心と言葉にほんとうは起きていること

2014年2月20日　初　版
2021年4月20日　第3刷

［検印廃止］

著　者　阿部公彦《あべまさひこ》

発行所　一般財団法人　東京大学出版会

代表者　吉見俊哉

153-0041 東京都目黒区駒場 4-5-29
http://www.utp.or.jp/
電話 03-6407-1069　FAX 03-6407-1991
振替 00160-6-59964

印刷所　株式会社平文社
製本所　牧製本印刷株式会社

ISBN 978-4-13-083064-5 Printed in Japan